六金楚烟

高宝平　主编

九州出版社
JIUZHOUPRESS

编委会名单

名誉顾问：沈火江

主　　编：高宝平

编　　委：谛　诚　　金一鸣　　王增清　　冯罗宗　　凌　晨

　　　　　高宝平

编　　务：陈志芳　　钟英秋

摄　　影：妙　悟

序

Preface

菰城湖州，山水清远，钟灵毓秀，人文荟萃，是长三角地区唯一因太湖得名的江南古城，是一座具有四千七百多年文明史和二千三百多年建城史的国家历史文化名城。

湖州历史悠久，生活富庶，文化深厚，在人类文明发展史上绽放过辉煌和灿烂，也为佛教的传播发展提供了良好的社会环境。湖州佛教文化积淀深厚，影响深远，在中国佛教发展史上具有独特地位。自三国赤乌年间佛教传入湖州，一千七百多年来香火鼎盛、法脉绵延，涌现了道宣、皎然、高峰原妙、中锋明本、蕅益智旭等一批高僧大德，为中国佛教的发展做出了积极贡献，尤其对天台宗、净土宗、禅宗、律宗产生了深远影响。

湖州南郊自古以来，山清水秀，人杰地灵，不仅是文人墨客钟情之胜境，也是高僧贤士清修之福地。菰城遗址，历经沧桑，樟竹松柏枝繁叶茂；多宝塔下，湖光山色，水乡田园鸟语花香；金盖山顶，云峰叠翠，千年古刹晨钟暮鼓。千百年年来，名流雅士在湖州这片江南的清丽之地流连忘返，与湖州的山水风物因缘际会，自晋朝王羲之父子到唐宋年间的颜真卿、王维、陆羽、杜牧、张志和、苏东坡，及至元明时期的赵孟頫、文徵明，都为湖州留下了不少脍炙人口的传说故事和千古传唱的名篇佳作。

上金禅寺位于南郊金盖山下，下菰城遗址旁。又名上金教寺、净众院。始建于唐元和十四年，会昌法难中毁，天复三年重建，名上金院。宋治平二年改赐净众院，寺中赐宋徽宗像。明嘉靖时，寺僧以地献蒋瑶为墓，遂废，万历年间又买地重建，尚存明代重建碑一方。作为道场名寺之一，虽历数代、屡有兴替，但法脉不绝如缕，不仅有诸多祖师在此弘法利生，更有历代名人诸善护持。时至21世纪初，谛诚法师发心重建上金禅寺，潜心投入，经年努力，现寺院已初具规模，旧貌换新颜。

法脉应世代绵延，文化须传承发展。庚子年初夏，应上金禅寺住持谛诚法师之邀，湖州市数十位文化界朋友齐聚金盖山麓元龙岭下，走进上金寺亲聆余钟磬音，同沐佛光禅韵，通过参观、座谈、采风，倾心创作出一篇篇充盈佛理禅念、饱含真情实感的美文佳作，汇集成编《上金梵烟》。这是当代文化人为传承和弘扬湖州市佛教文化做出的一份贡献，具有非同寻常的历史意义和现实意义。

近年来，湖州市全面贯彻落实全国宗教工作会议精神，在全市大力推进宗教中国化和宗教工作法治化"两化"建设，已取得初步成效，发布了地方标准，形成了湖州实践样本，走在了全国前列。我们衷心希望全市宗教界珍惜难得的时代因缘，抓住机遇，乘势而上，不忘初心，不辱使命，高举爱国爱教伟大旗帜，积极投身宗教中国化和宗教工作法治化建设。同时，我们也热忱欢迎社会各界热心人士关心关注、助推出力。这次《上金梵烟》的成书出版，正是社会力量参与佛教文化建设的一次成功实践和有益尝试，功德无量。

是为序。

湖州市委统战部 沈火江

2020年7月

目录
Contents

上金梵烟

【诗 词 篇】

【附　录】

【散文篇】

从上金寺的重兴看佛教的社会作用

◎ 王增清

　　湖州上金寺始建于唐元和十四年(819)，距今已有一千两百多年了。上金寺的经历与其他寺院一样，在漫漫岁月里经受过建而毁，毁而又建的苦难历程。上推四百八十年，曾经几度辉煌的上金寺在明朝嘉靖年间被"显贵者"收为墓葬之地。万历初，僧广镇发缘在元龙山易地重建，历十数年恢复旧观；入清后，观音殿毁于火，嘉庆时天王殿倾圮，咸丰时尚存的大殿与"六堂"亦在"洪杨之乱"中化为废墟；20世纪30年代在日军侵华战争中，敌军又砍去寺院中千年老樟树，拆去断壁残垣的砖石材料，用于修筑碉堡，将这座千年古刹彻底夷为平地。直至21世纪初谛诚法师发缘重建，才使上金寺再振梵音。上金寺多经磨难的历史仅仅是中国众多寺庙的一个缩影。

　　建筑的损毁无非是三方面的原因：一是自然灾害，如狂风暴雨、地震雷火；二是人为因素，如战争、失火、纵火等，或政治原因，如唐代的会昌灭佛、"文革"的"破四旧"等；三是建筑本身原因，中国的建筑与西方有很大的不同，欧美国家有好多建筑尤其是宗教建筑大多是石砌的，除非是战争或地震等特大灾害，可以千年不倒。而我国自秦砖汉瓦以来，地面建筑结构主要以砖木为材料，即使没有大灾难的摧损，也经不起时间磨

/// 寺中望大雄宝殿

砺。历千年而完好的砖木建筑遗产少之又少。然而，在云卷云舒的历史长河中，唯有我国的佛道寺观在毁与建的循环往复中历久弥新，表现出罕见的韧性和顽强的生命力。这是什么道理呢？根本的原因在于宗教的教义教理在民间信仰中所起的重要作用。

史学界对佛教的东传虽有多种意见，但对印度佛教于东汉初期传入中国的说法为多数人认可。在佛教传入中土以前，张道陵将《老子》的无为观点逐渐演变成为本土宗教——道教，曾经为统治者所信奉。然而，自孔孟之学诞生以后，儒家思想逐渐成为中国社会的主流思想，特别是汉武帝采纳董仲舒"独尊儒术"的建议以后，儒家学说不仅成为统治者治理国家的主政意识，也成为臣子百姓的价值观念。历史上儒道佛三家虽有彼此消长，但始终没能动摇儒家学说的统治地位。同时我们也看到，佛教东传后，其渗透性、普及性十分强劲，上至帝王，下至平民，信奉者无处不在。这又是为什么？这是因为佛教的基础是建立在"三世因果、六道轮回"之上的，因而主张人与人是平等的，教化人们要多行善事、多修正行。佛教提出的"四摄""五戒""六度""十善"等教义教规，体现了一种以人为本、以人际关系为重心的哲学思想和崇高的人道主义精神，既迎合人们对于消灾避难、祈福祛祸的心理诉求，也符合统治者调和社会矛盾、建设平安社会的治理需要。封建社会的统治阶级以儒家学说的"三纲五常"为治政方略，其"三纲"虽与佛教的平等思想有差异，但以"仁、义、礼、智、信"为价值追求，通过"克己""自律"的自我修身途径实现人生目标的主张，与佛家强调修行、参禅、悟道、成佛从而达到大彻大悟这一人生最高境界的教理有相通之处。诚然，在佛教的传布过程中，传教者与接受者都在寻找佛教文化和中国文化的契合点，使之成为能使中国民众容易接受的宗教信仰。显然，倡导"仁者爱人"的儒家思想与"普度众生、行善积德"的佛家思想是可以相互融通的，正因为如此，二千年来，中国化了的佛教被我国广大信众所接受，而且从未被外力所摧毁，一旦遇

到适宜的社会环境，就会成长、发展。

　　在近百年的历史中，我国的大多数寺院在战火和"文革"中被摧残，直至改革开放以后，党和政府纠正了对宗教信仰一概禁止的极"左"路线，恢复了"尊重和保护宗教信仰自由"的政策，鼓励和引导将宗教活动与"本土化、民族化和现代化、时代化的内涵相融通"，为社会发展和稳定服务。在宗教弛禁的环境下，谛诚法师发愿在明僧广镇建寺的废墟上重修上金寺，他殚精竭虑，广结善缘，各地护法檀越和信众踊跃捐输，历经十多个寒暑的苦心经营，已使琳宇庄严，梵宫一新。现在，上金寺还在建设中，谛诚师傅心中有一张上金寺的未来规划图，他说："我还能再干十年。"我们祝愿谛诚师傅的善愿成真，这座千年古刹一定能在元龙山重现辉煌，赐福四众弟子，护佑一方平安。

　　王增清，男，1950年10月生，浙江海宁人，专业方向是图书馆管理学、文献学和地方文史。曾任湖州师范学院图书馆馆长兼党支部书记，研究馆员，主编有《苕水悠悠芸香远——湖州藏书文化研究》《湖州文献考索》《湖州师院志》，点校了《仪顾堂集》等著作。

弘法只为向善，禅心永驻青山

◎ 邵庆春

窗前听雨，米兰花幽香阵阵。2020年6月初和朋友去上金禅寺那天，虽有小热，却不时有微风夹带些许凉意吹来，进了禅院感觉犹明显，只可惜开出租的司机虽自以为是菰城一带的老湖州，仍免不了冤枉绕路。亏绕路途中，寺庙里一扫院的居士在关键路口指了方向，方如愿寻到这位于道场乡下菰城，建于唐元和十四年的千年古刹上金寺。谛诚师傅说过，这里与外界隔离得好，头回来的人都免不了找的。但此时略过我脑海的只有"蝉噪林愈静，鸟鸣山更幽"。

进得寺院大门，除了梵音徐徐流淌，再无其余杂音，四周是石阶铺的路，好生洁净。偶尔走过的人三两个，只专注于自己手中的事儿，对我们只善意微笑或点头示意。我慢慢地注意到寺院三面环山，山木葱茏，风景秀丽，因寺院高高地覆盖住了尘土，因而才与外界隔离得天衣无缝，实乃曲径通幽。

先行抵达的我们几个，被唤跟着谛诚师傅的几个弟子去熟悉寺院四周的环境，欣欣然起身。我们观四周山景，一边听耳畔众鸟雀声声鸣啾。同行的人说，菰城，湖城南郊的一枚璞玉，这里属于下菰城遗址。古代战国四公子之一的楚国春申君黄歇的封地就在这一带，是他在封地内

/// 观音殿正门

筑了菰城，可能那是楚考烈王十五年，公元前248年，不知谁接了一句。我说，你们考古呢！菰城因当地"城面溪泽，菰草弥望"而得名，噢，还有，黄歇那时算是战国末年一个贵族。我说，非王室子弟吗？是吧！他和齐国孟尝君田文、赵国平原君赵胜、魏国信陵君魏无忌，均属战国末年有名的四公子。

是的，今天，这周遭宁静无声，可两千多年前，春秋战国时期的秦国曾强大一时，风云变幻，战马嘶吼，少不了金戈铁马，如今这都成了过眼的烟云——21世纪的今日，这里已是西面和金盖山遥相呼应、宁静祥和的一座禅院了。

当然，我们更关心和上金寺相关的一切，说着想着，一行人回到了寺院厅堂团团坐下。唐元和十四年间筑起的寺庙是今天这名儿？不，那时叫净众院，只是宋朝崇仁皇帝将它改称为上金教寺，痛心的是，三十年不到，寺于清末倾圮毁弃。听到这里我心咯噔一下，倒是无端想起刚进来时走过寺院前，看路面下的石桥至今精致结实依旧，据说是蒋瑶的夫人闵氏捐筑，一较真，方知古时湖州府蒋瑶，为菱湖太子少保，官至工部尚书，曾在扬州、陕西等地做过官。他调任陕西任参政，扬州人曾建祠祀之，用今日话说算是一个大好的清官，谥号为"恭靖"。他死后，先葬于上金寺原址，不久迁移。后寺院在现址重建，是他夫人闵氏自己出资捐筑的。后来，闵氏发现人们进出寺院不便当，才又出资建造了石桥。

闵氏是谁？据说，闵氏家族是明清两代湖州府的重要望族之一，湖州府闵氏不仅是科举官宦大族，还是文化世家，特别是在明代。可见蒋瑶当年娶的女人并非平庸女流，否则我们今天就看不到路面下这样的石桥咯。

这时候，有人问起谛诚师傅，为什么您仅用二十年时间竟能把占地面积二十余亩的旧屋数椽打造成如今占地七十亩的佛教丛林，其间该有多少筚路蓝缕的艰辛故事啊？！

谛诚师傅颔首一笑，轻言道："我本是重兆镇人呀。之前，曾听过本地一个八十好几岁的老人说，这里地理环境好，很适合搞丛林寺院。2000年，我只身来此不也是因缘巧合吗？此前我曾在陕西省西安市户县圭峰山（户县四大名山之一）北麓草堂寺待过六年。"

草堂寺是佛教"八宗之一""三论宗"的祖庭，也是中国第一座国立翻译佛经的译场，是佛教三大译场中时间最长、规模最大的译场，佛教中国化的起点。草堂寺创建于东晋，原来为后秦皇帝姚兴在汉长安城西南所建的逍遥园，到弘始三年，姚兴迎西域高僧鸠摩罗什居住在此，苫草为堂翻译佛经，由此得草堂寺名。佛教中著名的"中观三论"即《中论》《百论》《十二门论》都由鸠摩罗什在草堂寺译出，这为三论宗的创立提供了经典，所以，他被尊为该宗开祖，草堂寺被奉为三论宗祖庭。后鸠摩罗什应请翻译出了《成实论》，并大力弘扬成实派宗风，所以，草堂寺被视为成实宗的祖庭。我这门外汉当时就想，其间的关系够绕的。

谛诚师傅说，因他一直在那里修行学习，后成户县草堂寺成实宗法门之传人。虽然他那时在西安，但听了老人那番话后，心知湖州这边寺院已屡次被毁，所以动心起念，到了这儿。他一边手指轻指着自己坐着的前方。

这样啊！我们一听都从心底惊呼起来，那句诗"弘法只为向善，禅心永驻青山"不就是说他谛诚师傅吗？

"没想到的是，当我决心要在万历年僧广镇所建寺的旧址上重建寺院时，这边的农民支持、政府支持，我有两个皈依的弟子更支持，他们直接从资金上扶持我。众人拾柴火焰高。八方人们送宝来，慢慢地一年、三年、五年、十年……这寺院就成了今天你们所看到的样子。"他看着自己的双手。"我什么都靠这双手，我不怕苦，也喜欢干活。平日里，捧经诵读的是这双手，下地种田干活的还是这双手，什么都是它……我才五十出头，我相信，给众生带来福音的必定还是这双手。"说这话时，个头不高、话声也不高、五官并不那么出众的谛诚师傅，抑扬顿挫，语气坚定，两眼闪闪发光，瞬间变得高大帅气，英俊动人。

今天的寺院，经过重建，早已旧貌换新颜。只说大雄宝殿吧，2012年才修缮完工，当即邀请中国美院六位画家用时两个月，耗资几十万元画殿内壁画，富丽堂皇，美轮美奂。不是心系天下，岂能轻易办到？

回程路上，心中只有一念，向善为善，就都得有谛诚师傅这样执着的精神。

邵庆春，女，浙江省作家协会会员，原任职于浙江省信息工程学校，高级讲师。曾出版作品集《苔藓·微尘》，有大量散文和小说发表在全国各地报刊。

菩提流香

◎ 吴丽彰

人生，就是一场鸿雁的远行。辗转的风景，途经的人事，都已成了光阴深处的诗行，融化成了岁月馨香，恬静安暖，荣辱不惊。

庚子四月十二，携着细雨微风，我走在了那条熟悉的路上。十五年间，每年的清明、冬至，我都要从这里经过，去探望路那头在凤凰山长眠的父亲。但我从不知晓，在绿树掩映的这端，古梅侧旁，竟有一条路，通向上金禅寺。

我们一行数人，沿着台阶走进寺院。因为早到，住持谛诚热忱地接待了我们。初见谛诚，似乎与他早已相识。一身禅衣，脚踩布鞋的他，国字型脸，五官端正，双目炯炯。在他的娓娓道来里，我们也粗略地知道了上金禅寺的前世今生。

这个寺院，正因为有了谛诚住持，才有了废墟荒草变宝殿，阡陌荒凉成佛场的奇迹。正因为有了谛诚，上金禅寺的历史画卷才得以承袭展现，让更多的人在亘古流传的意象中，寻觅到了那段失落的上金遗梦，触摸到了那些文字后面所蕴含的风骨，也让更多和佛有机缘的人，在此洗净铅华，大彻大悟。

耳边，梵音响起，那些宁静的音符，伴着菩提的幽香，把我的思绪带回到过去的年代。

1975年，我任教的地方，是东林山下的一所学校。年轻时的我，喜欢在空余时间，拾级而上东林山，直上山顶的锦峰宝塔下。途中，会经过一座庙宇——祇园寺。虽然那时，我只是槛外的红尘过客，但每次走过，耳畔萦绕的经呗梵音，会无声地牵引着我。

1987年夏，趁女儿暑假，我们母女背起行囊，飞向西藏。在那块离天很近，信手能从蓝天摘下棉花般云朵的圣洁地，我们走进了依山垒砌、神秘庄严的布达拉宫。在一个个殿堂中，我静心凝视着一尊尊不同形态的菩萨，凝望着他们的眼神，凝望着他们的微笑，一股股清泉，荡漾全身。

在布达拉宫的灵塔殿，我给女儿买了一串菩提佛珠。

西藏之行，原本只想着去看看那块离天堂最近的地方，看看那边的山，那边的水。却不想，归来时，行囊里多了沉淀的菩提幽香，内心深处，感知到了佛海博大的精神力量。从那一天开始，我心底隐隐的禅意，得以唤醒，得到释放……

时光流逝，四十五年过去了。这四十五年来，我慈悲地活着，善良地走着。

我怀着恬淡沉静的心怀，走进敦煌，走进富丽多彩、千姿万态的莫高窟，参悟着飞天壁画的造化与精髓；我不辞辛劳，走进华夏大地的名山古刹。日复一日，在不断地追逐理想中，我的生活，从没有懈怠。阳光下，让我堂堂正正做事，清清白白地做人。

生命，是一段段成长、一场场希望。从青年到暮年、从此岸到彼岸、从这个路口到下一个驿站、从浮躁到淡定，一寸寸奔赴抵达，一点点领悟成全，每一天都有不一样的故事。在烟火人情的细水长流里，所有的回忆，都镌刻在了流年的三生石。渐渐地，我听到了内心深处的回声：积慈积善，随遇而安。

/// 法相庄严的大雄宝殿

在上金禅寺暮鼓晨钟的韵脚中，满坡的累累蔬果，飘逸着旧事的芳香；庄严肃穆的大雄宝殿前，唤醒了我经年的记忆。回眸中，看到谛诚住持，在禅意掠过的屋檐下走过，步履平实而坚定。

吴丽彰，女，20世纪50年代人，当过知青，做过教师，后从事企业管理工作，现为湖州女子书画院院长。因爱好国学、文学，曾历时多年手抄《红楼梦》等中国四大名著共三百六十多万字，时有散文随笔与书画作品发表于报端杂志。

梵 境 禅 心

——写在下菰城上金禅寺

◎ 李 民

一

走进下菰城,不只是经时光隧道去访古怀古。

还能尝到遍地青葱娇嫩的野菰吗?

还能望到春申君那雄伟的身姿吗?

还能找到当年城池的断垣残壁吗?

还能看到东苕溪映现的秦汉明月唐宋风雨吗?

哦,斗转星移,咸淡四季。

风风雨雨中的金盖山麓,纵然不细述它守住了天地玄黄,宇宙洪荒,却也是守住了寂寞,守住了清静,守住了元龙山下的这一方净土……

二

踏上寂寂的小道,还留有昨夜那一场杏花雨的温润。

蒙蒙的雾岚遮掩了千年辗转的烟尘,天地一片迷茫中,透着初夏时节清凉的气息。

有人说春天是缠绵煽情的季节,也有说夏天是壮怀激烈的季节。

就算是梅子黄时雨的殷勤眷顾,那满坡葱茏的青山依然心若止水,波澜不惊,会汪着它独具的慧眼,在烟青色的苍穹下,默默审视着一幕幕穿越千年的轮回之美:

脚下的小道,可曾车辚辚马萧萧卷尘而驰?

路旁的林荫,可曾云飞扬展旌旗大风起兮?

溪畔的青石,可曾筑城池垒墙垣始建湖城?

风中的菰草,可曾吟旧赋唱新词起舞醉夜?

古韵铺路,让这块土地多了几分厚重和冷凝,惹人情不自禁吟哦起前朝"吴中四杰"之一张羽的《下菰长烟》:

坡陀废垒青山侧,至今传是春申宅。

三千剑履化为尘,蔓草苍烟淡萧瑟。

停舟吊古望眼迷,平林漠漠斜阳低。

荒凉茅屋樵径小,惟有古木寒鸦啼。

城面泽溪,菰草弥漫。不见了金戈铁马,消逝了刀光剑影。千年的沧海桑田,只留下一幅像一抹云那样飘来,又像一缕烟那样散去的画境,古意悠然,氤氲在云卷云舒的空谷中,缭绕在燕尾轻剪的烟柳间,弥漫在嫩芽新绽的茶篷上,回旋在随风潜入的梵音里。

在昼夜的更替中,倾听岁月细微的心声,任思念蔓延,任珠泪盈眶,潮湿了心田,苍凉了季节。哦,是前朝先贤,守土遗民,融儒、释、道于此地,集禅、茶、诗之精华,将这一方山水,于时光荏苒中,让人喟叹:日暮途远,人间何世?

耳畔,似有钟磬伴着梵乐在缭绕……

/// 上金寺正门左侧方便门

三

我自繁华中来。一路山水相送，一路清风相伴，穿越一长段时光，去寻觅烟火尽头，看繁华落去，洗城市喧嚣，抚苍生心灵。

淅淅沥沥的梅雨散落在青石板上，闪亮起一汪又一汪的小小涟漪，像是汪着盈盈的秀眼，辨不清究竟哪一汪是新词，哪一汪是旧赋？

清风习习，吹拂起不远处着一袭旗袍的曼妙女郎的披肩长发。看她执一柄花纸伞，款款地踽踽独行，油然而生的感觉是：原来寂寞可以如此优雅。

莫非她也是走一程山水，闻一林清幽，赏一方天际，觅一处净土？

抬步拾阶，眼前这座梵刹，就是上金禅寺吗？

与昨晚梦境中出现的，似是，似非。

这里没有灼灼桃花，没有画桥烟柳，没有云树绕堤，没有绿肥红瘦。就是不远处的东苕溪，如今也没有了帆樯林立，桨声催舟。

默立寺前的，有一丛苍翠芭蕉、一棵古老樟树。

苍劲古樟没有让夏天失望。躯干粗壮，爬满薜荔，虬枝伸展，巨如华盖，在遮阳蔽荫中，在栉风沐雨时，经过一点一画的构想、一撇一捺的描摹，勾勒起无数次梦境中心底一种冥冥的守望。

着旗袍的曼妙女郎注视着树身上的铭牌。

樟有多古？一百三十个春秋。

旗袍女郎透过铭牌，看到了什么？

沧桑隐藏在岁月里，故事隐藏在历史里。

一如我背囊里携带的几枚无花果。

无花果。谁说它是无花而结的果呢？

花，开在果实中。

一如古樟，岁月沧桑和历史故事，都刻在年轮里。

四

时光，不言不语，在缘来缘去间徜徉；

生命，无声无息，在花开花谢中消逝。

元龙山留下了一方净土。来不及抖落满身的风尘，来不及放下辗转的劳顿，暂且摒除烟火红尘，将纷繁的思绪归于宁静，悄悄将梦打开，让时光停驻沾满禅意，沐浴浮躁的灵魂，在静默中领悟。

哦，师傅正在化缘，庙宇尚在构建。

观音殿。大雄宝殿。梵宇巍峨，佛像庄严。

顶礼膜拜中，似乎感念到我佛慈悲将迷津指点；

合掌祈祷中，仿佛默视到世相纷呈唯佛光昭昭。

视线模糊，不只是因为泪水盈眶，皆缘于看到了一个身影。

是谛诚法师。

一袭袈裟，一串佛珠；一双芒鞋，一身海青；一声佛号，一心澄明。

任谁都能想见，在他那坚志兴寺的沉重夙愿里，在他那弘扬佛法的毕生畅想里，隐藏着他始终不曾放弃的甘守寂寞，即使也常常缱绻莫名的轻愁。晨钟暮鼓，青灯黄卷，勤修戒定慧，熄灭贪嗔痴。

前世的约定依稀，今生的守望辗转。

时光如简，素心如雪，以一颗欢喜心，让灵魂删繁就简，修得内心的富有与高贵。

一草一木释禅心，一山一水诠真谛。世间万物，皆有灵性，皆是禅境。

心若无物就可以一花一世界，一草一天堂。参透这一花一草，便是整个世界。

那无数次虔诚叩拜，那无数次躬身合十；

那无数个青灯下参悟黄卷的夜晚，那无数个蒲团上潜心修行的清晨……

繁华处觅得自我，宁静处修炼境界。这一切，都是一种心境。

"一番番春秋冬夏，一场场酸甜苦辣，敢问路在何方，路在脚下。"

二十年，只是斗转星移的一刹那间，他寻觅到失落了一千两百年的上金遗梦。

这是一个有血性、有情怀、有坚韧、有理想的佛缘人。

肩担日月，背负乾坤。生命于他，是一场修行。

并非所有的事情都能如愿以偿，但所有的事情都值得以身践行。他懂。

不是说，梦想还是要有的，万一实现了呢？

用宽容的心对待世界，对待生活；

用快乐的心创造世界，改变生活；

用感恩的心感受世界，感受生活。

"菩提本无树，明镜亦非台，本来无一物，何处惹尘埃。"

谛诚法师是个有故事的人。

越有故事的人越沉静简单。

五

越有故事的人越沉静简单，就连种植在大雄宝殿前两株古樟树下很多有故事的花草，也概莫能外地沉静简单。

两樟有多古？铭牌上昭示：一百八十个春秋。

古樟树下，有盛开的秋海棠，有临风的玉树，有姹紫的绣球，有嫣红的大丽。迎风摇曳，并不花枝招展，只是静静地含笑不语。

更有亭亭净植于数十口荷花缸中"出淤泥而不染,濯清涟而不妖"的莲花,或含苞,或盛开。

梦里莲花。曾在昨夜梦境中出现。

旗袍女郎在凝目注视,面容端庄,神色凝重。

此刻,她的思绪正如一只放飞的小鸟,在无边的天际任意翱翔;

此刻,她的心潮正如一股潺湲的清泉,在深幽的山涧轻溅浪花。

看花开时的嫣然,她会凝神静观半晌,一颗柔嫩的心就这样娇艳于外;

看叶落时的飘零,她会怆然默伫良久,一汪盈眶的泪就这样清纯欲滴。

即便在手倦抛书、听雨入眠的夜半,哪怕这抵得上十年的尘梦,依然在为花溅泪、鸟惊心而怜惜。

一花一世界,一叶一菩提。

一眼凝眸,读懂了多少光阴的故事;

一声叹息,摒弃了多少世间的无奈;

一个转身,尘封了多少沉重的过往;

一滴清泪,洗涤了多少蒙昧的尘埃。

是谁走进了她如烟似雾的忧愁里?

是谁飞扬在她如吟似歌的韵律里?

也许,是那梦里莲花?也许,是那空谷幽兰?

曾几何时,一丝清风,一帘细雨,书写成了眸间的诗行;

一潭碧水,一弯新月,编织成了指尖的辞章;

一袭花香,一声鸟鸣,谱就成了心底的吟唱。

看她用温柔如水的目光,一寸一寸疼惜地触摸斑驳的寂寞和忧伤,触摸孤独的执着和美丽。

可以为一朵花的纵情绽放而感恩;

可以为一株树的临风旖旎而欢喜。

草木蕴藏佛性，山水诠释真谛。

花开见佛，花落悟禅。

哦，人生就是这样一场遇见与懂得。

绵绵不绝的梅子黄时雨，此刻似天长地久的思念。

一切都是不动声色的寂寞，一切都是不动声色的优雅。

原来，寂寞真的可以是如此优雅。

六

走进下菰城，不只是经时光隧道去访古怀古。

一路跌撞，只为寻觅晨钟暮鼓之间的安宁，抑或邂逅一场倾心的遇见。

走走停停，终于明白，倘若心中藏有山水草木，又何惧花谢花飞；倘若心空藏有日月星辰，又何惧世象迷离。

任时光荏苒，安之若素。

任一路风尘，朝花夕拾。

走进下菰城，拜谒上金寺，今天第一次。

原来人生真的可以有无数的第一次。真想叩问元龙山，是否看到了梦中的我徘徊流连，就这样走进梦境中，分不清是宿命，还是心底一种冥冥的企盼？

一程山水，因内心洒满雨露而丰盈；

一段时光，因内心固守善念而厚实。

走过千年百代的下菰城，谱过长歌短笛的下菰城。

有谁驻足，来抚摸接踵而过后打磨得光亮的青石板上的沧桑？

晨钟暮鼓木鱼的上金禅寺，青灯黄卷梵呗的上金禅寺。

有谁留意，来参透花开花落时色彩纷呈的世相也有云水禅心？

风摇宝树，日映金莲。这里竟有着追寻的萦绕梦意。

试问，谁又能拒绝，走过这里不种植一个梦想，不盛开一段故事？

向来，都以为，美丽的风景，总是在远方。许多人便选择远行，抑或流浪。我，不想去。只怕不是割断了思念，而是更添了离愁。

我会走进梅子雨里，不求水月在手，不求花香满衣，但求寄情山水得菩提，唯愿倾情草木参禅理。

我知晓，那一百三十年和一百八十年树龄的古樟，比我更悟得天地间的禅意。

起起落落的人生，浮浮沉沉的红尘，心中那扇或开或掩的小窗，开启便是人间烟火，掩闭便是云水禅心。

曼妙的旗袍女郎款款地踽踽独行，披肩长发沾着晶亮的雨丝，花纸伞优雅地收拢在手边。

莫不是收拢了闲愁，收拢了寂寞，收拢了纷飞的思绪？

哦，来到上金禅寺，寻觅梵境，修炼禅心，万事皆可抛，转身拂衣去，也无风雨也无晴。

余生，唯愿保持那份寂寞的优雅，与时光一同老去。

"来生愿做一朵莲，静静盛开在佛前，出淤泥不染，倚清风而眠，花开不语，花落无言……"

耳畔，传来女子歌声，让我彻悟，泪沾衣襟。

梵境禅心。

钟磬伴着梵乐，在缭绕，在回响，颤抖心灵……

李民，浙江省作家协会、中国报告文学协会会员。

一个人一辈子一件事

◎ 徐成荣

我爱好广泛,文学、音乐,再加上多年的军旅生涯,所以,各地朋友众多。按理,退休了的我,有更多的空闲时间支配,可以离开久居的江南古镇双林,外出走一走、看一看,或走亲访友叙旧畅怀痛饮,或切磋文学创作激扬文字,或一展歌喉放松自己。想象是美好的,乍一看也是可行的,但问题是我晕车,且反应比较强烈,这使得我的不少外出梦想泡汤。不瞒大家,平时除了偶尔参加附近几处战友聚会外,我几乎很少乘车外出。

这次应邀去采写云巢上金禅寺,恰逢我乡下祖屋翻建之时,我思忖:祖屋翻建乃大事,此时刚巧应邀去上金禅寺采风,莫非是冥冥之中早有安排,佛祖保佑徐家永生平安。临行前的那个夜晚,我靠枕浮想联翩,不禁思绪万千。

那天上车后,听出租车司机说上金禅寺住持谛诚法师是重兆人时,我为之一怔,继而晕车困意顿消。是啊,双林、重兆同属南浔区管辖,更何况两地相距较近。让我感兴趣的是谛诚住持,缘何会情系金盖山下的上金禅寺,是什么让他皈依佛门,今天,我要踏进寺庙,寻找答案。

进入上金禅寺,但见岗峦起伏,山静林幽,草木荔郁,鸟语花香,确是潜心修行的绝佳去处。前人选此建寺,颇具慧眼。然而当现任住持谛诚法师

/// 观音殿背门

带着我们粗略察看了全寺后，那钢筋水泥混凝土、铁皮门以及电声佛音，又让我心生别扭，这与烙印在我脑海里的钟鼓鱼磬、佛音袅袅、香烟缥缈、萧然尘外的寺庙氛围相去甚远。待谛诚法师跟我们讲起他坎坷的向佛之路，并最终扎根于此，决心用余生来恢复上金禅寺曾经的辉煌后，原先我所持的对现代寺庙和僧人的怀疑态度，终于发生了动摇。

谛诚法师出生于普通农家，他天生圆圆脸，略胖，笑口常开，眉眼弯弯，颇具弥勒相。他皈依佛门的意愿也似乎是与生俱来的，自懂事起即心心愿愿想做和尚，见到和尚就有一种发自心底的亲近感。即便是去慈溪八卦村习《易经》三年，归来后十乡百里颇有名望，之后还是不辞而别，只身赴陕西户县草堂寺静修七年之久。"谛诚"即是该寺所赐之法名。果然佛面仁心！若凡心不泯，谁能够放得下名誉、金钱？谁能够舍家别业一心向佛？

2005 年，谛诚法师几经辗转，最终来到了菰城金盖山，入主上金禅寺。似乎是冥冥中上苍的安排，其实不然，我以为是他的虔诚、他的执着，让他如愿以偿。千年古刹上金禅寺从此拨云见日，等来了一个有缘人，一个与寺有缘、与佛有缘的人。

上金禅寺始建于唐元和十四年，千百年年来屡毁屡建，20 世纪三四十年代，寺庙被日本兵拆去修筑碉堡，全寺仅剩香樟树三棵，是建寺以来毁损最严重的一次。后又经"大跃进""文革"等运动，古寺片石无存，所幸庙址在荒烟蔓草中隐约可寻。从此他发下宏愿，殚精竭虑，着手复建上金禅寺。从 2000 年信众提供的善款起步，至今已二十年，观音殿、天王殿、地藏殿、大雄宝殿及斋厨僧舍、山门等相继建成，庙基范围也已拓展至 69.7 亩。"我计划在十年之内完成上金禅寺的全部建筑，我想我这一辈子能够做好这一件事，也就心满意足了。"谛诚法师微笑着，波澜不惊地说着，却强烈地震撼了我：一个人一辈子做一件事，谈何容易！布履素袍粗茶淡饭，晨钟暮鼓黄卷青灯，凡夫俗子，哪一个能耐得住如此清苦寂

寞？僧、道、儒三足鼎立于华夏大地几千年，长盛不衰，我想，这与谛诚法师们痴心不改，倾力付出密不可分。

霏霏细雨中，悠悠佛音把我们送出寺外。听着这曾让我心存芥蒂的电声佛音，回望上金禅寺，我忽然想起了电影《少林寺》中护院武僧总教头说的一句话："出家人只要心中有佛，不必拘泥小节！"

去上金禅寺探访回来事隔十余天后的6月15日，天空放晴，乡下祖屋翻建竣工。当日，我置备一桌完工酒款待泥水木匠水电工，以表谢意。

乡下祖屋翻建虽工程不大，花费不多，但在我心中却分量不轻，因为它是祖先留下来的，在这处不大的祖屋里孕育了我们一代又一代徐家人，保佑我们世代相传、岁岁平安。

徐成荣，浙江省作协会员，20世纪50年代出生于湖州农村，经历过工农兵学商，现已退休，喜欢文学，工作之余码字不辍。

运河边的上金禅寺

◎ 沈旭霞

运河边,金盖山,上金禅寺。

梵音,梵烟。

山峦茶园,稻香果熟。石桥流水,荷花绿叶。

当你往前行,面前运河辽阔悠长。

周围山高耸,树木丰茂。一切在呼吸,明亮鲜艳。

岁岁年年。

年年岁岁。

上金禅寺与金盖山、与菰城相处相知,是情结,是根基。战国四公子之一春申君黄歇在金盖山建县城,因此地"泽多菰草",故名菰城。

菰城坐落在浙江省湖州市南郊,北倚金盖山,南临东苕溪,背山面水,属国家重点文物保护单位。古寺在金盖山,称为上金禅寺,建于唐元和十四年初,名净众院,宋朝改称上金寺。清朝末年,上金寺颓废、圮倾,在历史上屡废屡兴。

今,上金寺重建。因湖州重兆僧人谛诚,在2000年缘结此地,历时二十年,虔诚坚守。古禅寺再现于金盖山之上,透出沧桑的厚度及光泽,似珍贵古董,使人眼前一亮。

寺院千百年来一直实施自养自给的经济模式，并以来自十方、回报十方的慈善行为，弘扬佛教文化。禅宗亦有"一日不作，一日不食"的理念，鼓励自食其力，以辛勤劳作减轻社会负担。上金禅寺住僧和居士们自耕自食，种粮种茶，种菜种瓜，花木茶园，满山绿意。

上金禅寺里的植物都是在自然状态下生根、发芽、开

/// 大雄宝殿内的佛像

化、结果。寺院厨房用枯枝作为柴火，熟铁锅、木锅盖烧饭炒菜。山里的土豆个小饱满，糯软可口，还有紫茄子、夜开花、豆腐素鸡，全素却营养丰富。在上金禅寺，掌控万物生命的时间亦处在自然状态下，起到保护生态的作用。

上金禅寺是那样的安逸平和、宁静谐美，使人想起唐朝孟浩然的诗文："义公习禅寂，结宇依空林。户外一峰秀，阶前众壑深。夕阳连雨足，空翠落庭阴。看取荷花净，方知不染心。"在清幽中，人心理上的淡寂和生活上的休闲彼此交织，心灵放飞而高远。

岁岁年年。

年年岁岁。

寺里莲花重开，清澄如水，正值梵音洗俗。

上金寺老迈成熟，旧根基上新的颜色是活的，转为新气象。

时空。时光。

你又怎能不见上金寺大殿及六堂——凌云、善来、怡白、双桂、友慧、宁蕙?

沈旭霞，女，笔名孔雀蓝、月儿、阿月，浙江省湖州人。出过小说集《他敲了那扇门》。现在仍在写小说、诗、随笔、散文、纪实文等。

上金禅寺断想

◎ 阿　强

是日，与众文友赴上金禅寺，一路山水相伴，景色宜人。至寺院参观、喝茶、食素斋，聆听谛诚法师述说寺院前世今生，兴废往事，此生愿景……受益匪浅，感慨良多，留此断想，以示俗敬。

一

盘点天下名山大寺，或依山临水，或丛林环抱，或处群山之巅，或曲径通幽。一言以蔽之：风景这边独好。明《增广贤文》叹曰："世间好语书说尽，天下名山僧占多。"感慨山水秀美之地，都让出家人占有了。

此言流传甚广，乍听有理，其实不然。追根溯源，诸多名山在寺庙未建之前大都荒草蔓延，人迹罕至，甚至是野兽出没之地（清同治《湖州府志》记载，同治年间，湖州辖地尚有豺狼虎豹出没）；正因有了出家人拓荒、修建、定居，有一代代高僧孜孜不倦传播佛学、道德感召，有凡尘信众追随拥戴，经年累月，山才终成名山。换言之，僧侣是美丽风景的发现者和开拓者，僧人造就名山，名山成就僧人，相辅相成，相得益彰。因果不可颠倒。

子曰:智者乐水,仁者乐山。

佛学即智学,佛教即仁教,深以为然。

二

明朝旅行家徐宏祖著《徐霞客游记》,多次提及他与寺院僧人的事迹。在他不计时日年月,旅泊岩栖、探幽凌险过程中,最多的是以僧为伴,以寺为住,得到各地寺院僧人热情款待。这世上,大概没有人比徐宏祖与僧人有着更多佛缘。山水佛缘成就了徐宏祖,使其成为一代奇人,成为外服儒风、内宗梵行的文化象征。可以说,如没有僧人寺庙接纳徐宏祖旅程,世上不可能有《徐霞客游记》这部灿烂奇书,更不可能现今每年数以亿计游客,不辞辛劳,按图索骥,步其后尘,掀起一波接一波畅游祖国名山大川的旅游热潮。

《徐霞客游记》,旅行者圣经也。

三

有意思的是,汉唐之前,和尚僧人并非乐居山野,而是集居于城市。据《洛阳伽蓝记》记载,北魏都城洛阳当年共有一千三百六十七座寺庙;杜牧于《江南春绝句》也说,南朝都城建康建有四百八十寺("千里莺啼绿映红,水村山郭酒旗风。南朝四百八十寺,多少楼台烟雨中")可见当年佛教传播重点在人口稠密城市。

然自唐以降,寺庙文化画风顿变,数代高僧大德,携领门下沙弥、僧众,逢山开路,遇水搭桥,远离城市喧嚣,从容迈向荒山野岭,依山傍水建起高大恢宏的寺庙,引领一代代信众走向自然。寺庙进山当属文化引领,于寺庙文化发展具深远影响。当年开拓者之智慧远见,所经历的筚

路蓝缕艰辛,是我们后人无法想象的,而先人留下的沉甸甸的文化遗产,却让一代代后人享受不尽。

寺庙进山,功德无量,善莫大焉。

四

一部中国书画史,多半风采在湖州:"曹衣出水"标杆画家曹不兴,"画龙点睛"典故画家张僧繇,"赵门书体"创始人赵孟頫,诗书画印"四绝"大家吴昌硕,均出自本乡泽地,王羲之、王献之、颜真卿、陆羽、谢安、苏轼等在湖州为官期间,留下大量文章墨宝,湖州可谓群星璀璨,大家辈出。文化之邦,名垂青史。

湖州佛学同样成就斐然。三国赤乌年间(238—250),佛教既已传入

/// 大雄宝殿内

湖州。唐宋年间，湖州高僧辈出，著述甚多，释道宜撰《唐高僧传》，释赞宁撰《宋高僧传》，中国佛教界三部高僧传，湖州学僧独撰两部。更有诗僧皎然著《儒释交游传》及《内典类聚》四十卷，影响力巨大，奠定湖州在佛教界的重镇地位。

北宋年间，以念佛为特征的净土宗在湖州盛行，乌程县嘉会寺每年清明组织十万信众念佛，声势之盛，一时江南无右。

宋代崇文崇佛，共刻六部汉文大藏经，其中湖州独占两部。

南宋年间，道场山万寿寺被定为禅宗"五山十刹"之一，成为全国性名寺。

明隆庆（1567—1572）年间，净土宗第八祖袾宏，在乌程县南浔苦修三年。释智旭受戒后不久，入孝丰县灵峰寺，潜心著述。在佛教理论上融会诸宗，归极净土，创净土宗灵峰派，著述分宗论与释论两类，前者有《灵峰宗论》十卷，后者包括《阿弥陀经要释》等四十七种，一百九十一卷，智旭与真可、袾宏、德清齐名，是明代佛教四大家之一。

据同治《湖州府志》记载，当时湖州共有佛教寺院、庵堂五百四十九座。

湖州——"江南佛国"，盛名天下。

五

中国文化少不了佛教元素，儒释道水乳交融，无论信不信佛，生活中人人都被影响着，如沐雨临风，无处不存在。环境清幽的寺院，是人们心灵的栖居地。即便平日被功利驱赶停不下脚步，一旦进入庙宇，看云起云落，听禅钟声声，即刻会心灵安宁，哪怕只是片刻，也是一种享受。

看多了寺庙，感觉天下寺庙是一家，布局大致相同，前有四大天王，中间大雄宝殿，后置灵塔禅院，讲究一点还设有钟楼、鼓楼、经堂、辅房

等。旅游胜地寺庙，香烟袅袅，人头攒动，香客虔诚磕头、烧香、拜佛、求签、祈祷，祀台供品堆积，香烛竞高，鞭炮竞长……热闹过后，空空如也。

散步上金禅寺，环境清幽，游人寥寥，一派幽静，气氛肃穆，隐约梵音绕梁，古木参天，松柏森森，秀竹郁郁，芳草青青，感觉这才是寺庙本来面目。

据《金盖志略》称："其地显自六朝，彪炳于宋元，名贤逸士先后踵接其间，若颜真卿、苏轼等宦游凭眺，卫正节、孙太初等辈寄迹流连。"得历代名人雅士悉心哺仁，享有"金盖二十八景"之誉。

上金寺、万寿寺、古梅花观，三点成一线，相邻数里，同山峦同龙脉。万寿寺力鼎南宋"五山十刹"之誉；古梅花观系全真教吕洞宾祖地。上金寺不及前者名望，谈不上名寺。然而，凡事此消彼长，自谛诚法师入主上金寺，凭一人之力，孜孜努力二十年如一日，寺庙从无到有，从小到大，从不成体制到初具规模，面貌一年一个样，十年大变样。

谛诚法师说，传说中上金寺有九十九间禅房，没有楼房。我不但要恢复九十九间禅房，还要与时俱进，建筑楼房。

佛语相由心生。谛诚法师慈眉善目，和颜悦色，言语平和，举手投足人见人善，祝法师心想事成。

杨建强，男，又名阿强，浙江省作家协会会员。著有中短篇小说、散文百余万字，长篇小说《大红官印》《新任市长》《美丽地平线》等。

缘 起 上 金

◎ 项美静

　　一早出行，十多公里的车程，硬被导航无端带入市郊乡间小路。七弯八拐地总算绕出村子，回到104国道。上道场山，过万寿寺，经古梅山庄右拐，赫见翠掩朱门，云绕飞檐。上金禅寺静如处子，隐于林荫。蓦然感觉蛮有着诗的禅意。

　　默立寺前的芭蕉树迎我入院。从侧门进寺，便是斋堂。走道上，放置着几只水缸。空气很净，风也很静。寂静，让人走入冥想。仿佛每一朵莲都是通往佛国的坐骑，而落在莲上的雨亦如鼓点，一种听得见的佛音，合着谛诚述说的节奏。

　　谛诚，吴兴重兆人，上金禅寺现住持。十四岁病，其父找人卜卦，断言必以和尚、道士、风水、乩童等为职方能久活。十九岁萌生佛念，入埭溪皇觉寺三月余。二十岁去慈溪八卦村跟董珍辉学《易经》三年。二十五岁在西安出家为僧，为西安户县草堂寺成实宗法门之传人。三十一岁与元龙山结缘入脚。2000年在广镇所建寺的旧址上重建寺院。2001年始建偏殿，2003年建金光殿，2008年建大雄宝殿。从旧址五亩，扩至六十九亩。二十年执一念，在废墟上盖成如今颇具规模的上金寺。

　　斋罢，从法师手中接过佛牌和念珠，便辞别回城。在这烟青色的雨

后，总觉得好像遗落了些什么。回顾，风已替我将寺门掩合。那芭蕉树亦如青衣长衫、捻须吟诗的蒋瑶，颔首，向我们作别。

项美静，女，出生于杭州，就学、工作于湖州。2001年迄今，旅居台湾。作品常见中国、新加坡、印尼、越南、美国、菲律宾等地的诗刊杂志。著有诗集《与文字谈一场恋爱》《蝉声》。

/// 大雄宝殿三尊佛像（从左向右）阿弥陀佛、释迦牟尼佛、药师佛

未被遗忘的时光

◎ 凌 晨

已是午后。村，静极。雨，潇潇。

风，穿过整座城市，从烟波浩渺的太湖边吹来，潮湿的空气携裹着隐隐的树木清香，梅雨季节特有的气息四处弥漫。

潇珺将车开进金盖山下菰城村，下车后抬头望天，有温润的雨丝拂过面颊。渡口，一叶扁舟在河面悠荡，林间，疲惫的蝉鸣此起彼伏，刻满了岁月年轮的百年古樟绿荫如冠……一切是那样熟悉，一切却又如此陌生，这似曾相识的一景一物，如一把神秘的钥匙，瞬间打开了尘封已久的记忆之门，将她的思绪带回到多年以前的那个夏天。

这是20世纪70年代，当时的金盖山也称云巢山。由于父母被双双发配在半山腰的"五七干校"下放劳动，作为家中长女的潇珺，经常被外婆派去送食品、衣物。几乎每个周末的下午，湖城新干河的老轮船码头，都会出现一个纤小的身影，少女潇珺肩挎沉重的旅行包，踮起脚尖到窗口买票，排着长队耐心候船。船，沿着东苕溪悠悠而上，航行近个把钟头，在一个叫吴沈门的渡口停靠，瘦小的潇珺下了船，还需沿着一条蜿蜒的石径徒步三里多路，才能到达父母的驻地。

寒暑假到了，这里成了干校子弟的度假营地。当年的"五七干校"，

实行准军事化管理,孩子们也随各自的学员父母一起过上了集体生活。二十多人挤挨在一间大宿舍里,热闹非凡。那是个风云激荡的特殊年代,严酷的政治生态环境,各色人等杂糅混居,人际交往变得十分微妙、复杂。家长们并不担心孩子会被拐卖,但却害怕他们年幼无知,一不小心说出不合时宜的话而被人利用,给风雨飘摇中的家庭陡增麻烦。

这个暑假开始不久,孩子们即遭遇了一场小小的风波。有个天真活泼的女孩,只是为其他孩子讲述了一则格林童话,就被一个小伙伴通过自己的父亲向上做了汇报,女孩的父母被军宣队叫去谈话,要他们加强子女的思想政治教育,因为在这个火红的时代,在这革命的大熔炉里,是绝不允许宣扬所谓的资产阶级精神糟粕的。一时间,风声鹤唳,人人自危。父母便对潇珺千叮万嘱,尽量避免去那些人多口杂的扎堆场所,少和陌生人说话。

在这个无精打采的暑假里,潇珺如一只温驯的小白兔,孤独地坐在树荫下看书、写作业,呆呆地看天空中变幻莫测的云彩,看鸟儿扑棱着翅膀,欢快地穿过林梢,向遥远的天边飞去。当她的目光扫过空旷的操场,便发现了踽踽独行的梅姑。

梅姑,是潇珺对流落在此的一位疯痴女人的私下称呼。

在云巢下菰城一带,人们不知道这疯女人何时而来,也不清楚她来自何方,只看到蛰居在干校附近山旮旯里那间破危房里的她,一年四季穿一件污渍斑斑的墨绿色旗袍,佝偻着腰身,说一口苏白,终日自言自语,神智时浑时清,四处捡拾垃圾为生。经常,会有一些捣蛋的男孩捉弄她,往她的垃圾篮里扔小鞭炮,在她捡的食堂剩菜里撒煤渣树屑。善良的潇珺无法阻止这些恶作剧,但凡遇见了,就默默上前帮助收拾一下竹篮,再跟着她来到破屋前,悄悄塞上一个馒头或几个番薯麦芽饼。每每这时,疯女人干涸的眼眶里就会泛起一层潮雾,不停地弯腰致谢,嘴里嘟哝着:阿弥陀佛! 罪过人哉!

从小跟着佛教徒外婆长大的潇珺,虽不明了"阿弥陀佛"的深刻释义,但耳濡目染之下,佛教慈悲为怀、悲天悯人的情怀已不知不觉深植于心。

一天,潇珺怀揣几个桃子悄悄送过去,疯女人突然一把将她拉进了那间脏黑的小屋。当她的眼睛渐渐适应了屋内的昏暗,便看见了令人惊叹的一幕:疯女人颤抖着枯干的双手,从一个破木箱里拿出一卷卷画轴,放到桌上慢慢展开,她一反常态的神志清醒,目光闪亮地盯着潇珺,反复地说:喏,这是我画的,我画的哦……年幼的潇珺看不太懂这些国画,但还是被画面上气势恢宏的水墨山水和精致漂亮的花鸟人物震慑住了,她记住了其中两幅画作的名字:《梅岛晴雪》和《菰城晚烟》。可惜看不懂落款和印章,所以不知道她的姓名,只觉得画上的梅花特别好看,于是就在心里称呼她梅姑。

梅姑仿佛永远沉浸在自己的世界里,只喃喃自语,与人几无言语交流,但只要潇珺一离开营地,她必定会不近不远地尾随。

有一次,潇珺和那个讲童话故事的女孩结伴,悄悄溜下山到村里找小卖部,梅姑也默默跟随着。当时的生活很清苦,只面上撒几粒白砂糖的又干又硬的小金钱饼,都成了孩子们心仪神往的美食,为一解口馋,她们心甘情愿顶着烈日走上好多路。潇珺带的零钱只够买三块小饼,两个女孩一人一块,另一块给了梅姑,可她执意不肯拿,却自顾跑到村口的几棵香樟树下,匍匐在地叩着响头,嘴里不停碎碎念:阿弥陀佛! 菩萨保佑!一串清泪从呆滞的双眸中滚落下来。

咦,外婆每次都是很隆重地带着自己净手焚香,对着一尊观音菩萨,跪拜在蒲团上进香礼佛,祈祷菩萨保佑全家安康,可梅姑为啥到这么个没有菩萨没有香烛的树底下来叩头? 她乞求菩萨保佑什么? 也保佑全家安康? 可是她的家人呢? 年幼的潇珺很是不解。看着虔诚叩拜的梅姑,心中不由得泛起一阵莫名的酸楚。

/// 寺中一景

同时，她也低声叮嘱同行的女孩，千万不能告诉别人这些事情。女孩懂事地点点头。

　　尽管潇珺与梅姑的交往隐秘而谨慎，但还是被人发现并去告了密。仍然是那个思想觉悟极高的小伙伴，据说她曾经不怕脏臭，跳进学校厕所的粪池里，帮同学捞起过一本红色宝书，从而获得了一个市级优秀红小兵的光荣称号，所以阶级斗争的弦始终绷得紧紧的。她跟踪发现了潇珺和疯女人过从甚密，于是再次通过自己的父亲向组织举报，说潇珺革命立场不坚定，与反动资本家小老婆的阶级界限没有划清。那个女孩的父亲很是得意，四处扬言自己培养了一个合格的红色革命接班人。潇珺的父母，却连夜被干校联合指挥部叫去训诫，责令他们写出深刻的书面检查，必须对子女严加管教。被整得灰头土脸的父母亲于是立即把潇珺送回了外婆家。

　　直到这时，她才从大人那儿零星获悉了梅姑的一些信息：新中国成立前上海冠生园老板的三姨太，苏州美专的高才生，她的家人，则都已不知去向。

　　突如其来的打击令潇珺猝不及防，但出于良善的本性，直到离开干校，她都严守梅姑小黑屋里的秘密，梅姑也得以暂时避过了一劫。这令她至今都聊以欣慰。

　　当年，倘若不小心泄露了秘密，以梅姑这种身份背景，肯定在劫难逃。走在通往上金禅寺的寂寂故道上，潇珺幽幽地想着心事。

　　那个离去的下午，潇珺始终记忆犹新。那一刻，吴沈门码头上空乌云密布，闷雷滚滚，一场疾风暴雨即将到来。缆绳，被徐徐解开，船，正慢慢离岸，潇珺紧拉住母亲的手，站在甲板上，出神地望着通往干校的那条弯曲细长的石径，透过茂密的竹林，她远远望见，一个墨绿色的身影正忽隐忽现地在往渡口靠近，她也仿佛看到，一行凄清的泪珠正从梅姑失神绝望的眼眶里缓缓滑落……

告别了童年的缠绵月光,潇珺上了高中。没来由地,她时不时会在心里牵挂起孤苦伶仃的梅姑。她也曾独自来这里找寻,可干校已撤,物是人非,去周边村落打听,亦一无所获。不久,她便跟随父母的工作调动去了省城。

如水的光阴,不觉之间又流过了无数个日日夜夜。因缘际会,已成为文化学者的潇珺,在一次佛教文化活动中与上金禅寺的住持释谛诚法师相遇相识。当得知上金禅寺是一座历经磨难、于世纪之交重建于湖州云巢菰城村的千年古刹时,潇珺心中似有一道电光闪过,云巢?菰城村?便趋前急问,这菰城村里,是否有三株高大茂密的香樟大树?法师答曰:古樟正是在古寺原址上。

潇珺顿如醍醐灌顶,哦,原来梅姑触景生情之处,正是佛陀菩萨安身住家之地。光阴流转,世事轮回,缘起缘灭,一切皆有定数。

于是,她恳请谛诚法师代为打探梅姑下落,并与法师相约,择日赶赴上金寺拜谒。

到了,到了,随风飘来的宝铃声打断了潇珺的思绪,上金禅寺已在眼前。

来到谛诚法师处,方才获知,那个四处游荡的疯痴女人,谁也不知道她的名字,但都晓得她会画梅、兰、竹、菊,村里人都唤她"小聋子"。"五七干校"撤离不久,危房遭拆,她被赶下山来,那一大箱的书画作品、视同为"封、资、修"的四旧文物,被如数没收后付诸一炬。

据说,那天的晒谷场上,焚毁所谓的封建迷信四旧文物的熊熊大火足足烧了好几个时辰,将村庄的夜空燃得通红。

那梅姑呢?潇珺脱口而出。

谛诚法师缓缓回答:那个女人啊,不知道什么时候,突然之间就消失不见了,从此,就再也没在这里出现。受您之托,我特意去问访了很多当地老人,均不知其所终。唉,真是个苦命人哪。阿弥陀佛!罪过!罪过!

谛诚法师双手合十,恬淡地微垂双目,波澜不惊的慈容善面上透露出佛的从容与圆融的气度。

潇珺怎么也没料想到，一个能创作出如此精美作品的女画家，流落此地多年，居然连自己的真姓实名都没有留下，梅姑，竟成为她留在自己心底的一个永久代号。

那么梅姑，你究竟去往了哪里？

潇珺觉得，梅姑四处漂泊游荡，应该是在寻找心灵的安放之处，梅姑一心寻佛叩拜，或许祈望佛陀能给予她精神引领，以期早日脱离茫茫人生的无边苦海。然而，她却一直遍寻不着，遍寻不着……最后，将自己遗失在了纷乱嘈杂的滚滚红尘中。

如今，梅姑虔诚朝拜过的地方，已巍然重矗起一座庄严的佛宇，这里梵音缭绕，这里菩提盛开；这里清池皓月，这里云水禅心。那么，游荡在天际的那一缕孤旅梅魂，会否循迹归来将心平静安放？毕竟"此心安处是吾乡"呵。

雨，已停息，寺外清凉。这天，这时，这午后的初晴，再一次牵动起潇珺内心深处的悲悯情怀，这情怀因为散淡，胜却追寻，因为无为，胜却希冀。恍恍然中，她如入梦境，梦里，有些许的无谓，亦有些许凄楚。昔日的痕迹正在悄然消逝，那些老旧的影像，对于故地重游的潇珺，已然成为一种隐喻。

时光，无声地撩开她静谧的帘幔，将世间万物轻轻覆盖。夕阳下，东苕溪水微波荡漾，通体透亮。余晖中，梵宇、芳樟、渡口、孤帆，竟在此刻呈现出璇霄丹阙一般迷幻的神奇景象。

凌晨，女，南京出生，湖州长大。中国金融作家协会会员、浙江省作家协会会员、浙江金融作家协会副秘书长、湖州市文学研究会副会长。发表小说、散文五十余篇，出版个人文集《穿旗袍的女人》，合作出版长篇报告文学《大漠高歌》，作品入选多部文集。

一道永恒的光

◎ 黄水良

林徽因言，真正的宁静，不是远离城市的车马喧嚣，而是在心中修篱种菊。

从金盖山上鸟瞰，上金寺掩映在一片绿色之中，显得特别的安静。

就像这样，朱自清在月夜漫步荷塘，让一颗轻松的心在花间游荡，是一种情趣；郁达夫租一椽破屋，在院中细数一丝丝的阳光，是一种闲情；陆鑫囚住一枝常青藤，是对生命的一种爱恋；梭罗栖息瓦尔登湖畔，是一种自由；而谛诚法师一人坚守一座庙，那是一种信仰。

我们每一个人都需要一片属于自己心灵的自由天地，给心灵一片空间，你就会收获许多美丽。

风中传来袅袅梵音，与我心脏跳动遥相呼应，生活总是在不经意间，恰到好处地像神来之笔，断然决然地书写着旧日的时光，不仅吻合心境，还催生了直觉。

一个人，一座庙，一片属于自己的天空。

这下该轮到我为上金寺谛诚法师惊愕、诧异了，他的痴情有若风樯阵马，相继兴起，犹如山鸣谷应，风起水涌。

说实话，之前我对上金寺和谛诚法师皆陌生，只知道上金寺是个颇有气场的寺庙，其余的了解甚微，因而路过几次，都与他们失之交臂。

一个人耐住寂寞，默默守护心中的圣殿二十年，终究是"念念不忘，必有回响"，谛诚法师又有着比一般人更为深刻的生活体验，而他的追求又像"未竟之旅"和"无尽之河"，虽然前路漫漫，时间如水一般怅惘流逝，但他又坚执信念，义无反顾，毅然决然地勇往直前，成就了一座千年古刹。

一座庙的灵魂，少不了有大雄宝殿，有了这个灵魂，一座庙才真正地立了起来。上金寺谛诚法师深谙其道理，于是全身心地投入到了大雄宝殿的建设中。

2008年7月开始奠基，在长达五年的时间里，大雄宝殿建筑材料的采购上，无论是一砖一瓦、一椽一柱，还是小到一颗钉，大到一尊佛像，谛诚法师都会亲力亲为，有时要跑很多地方，才能采购到满意的物品，他要把每一分钱都花在刀刃上。

2013年11月29日，上金寺大雄宝殿正式落成，他一颗悬着的心也随之放下了。

佛经有云，凡新佛像落成，必得经过开光，其神圣意义方始具备。

随着上金寺大雄宝殿的落成，开光盛典已进入倒计时，各项筹备工作正有序地进行。随着盛典时间的临近，谛诚法师内心显得很不平静，这毕竟是自己创立的事业，因为蕴藉，所以只能意会，真所谓"此中有真意，欲辩已忘言"。

当生命的感知与自然和世情融汇一体，才觉得，爱是一条无尽之河，更是一道永恒的光。融入其中，使自己成为光的一部分，那才是幸福之人。

民胞物与，大爱无疆。到这时谛诚法师才体会到共结法缘、同治法喜的艰难。

时间在一步步走近，而天公却并不作美。异常的天气，连续几天的大

/// 大雄宝殿三尊佛

雨，淋得谛诚法师的心潮湿了起来，他担心、焦虑，这么大的开光仪式，如果在雨天举行，那是怎么样的一种情景？这么多人，拥堵在一起，安全问题、接待问题，等等，搅得他寝食难安。

盛典仪式前夜，雨滴答滴答地打在谛诚法师寝室的窗外，格外刺耳，平时一上床就睡着的他，此刻翻来覆去，竟没有了一点睡意，他干脆起来，做起了祷告。

凌晨4点，淅沥沥的大雨，突然间就停了，雨止，谛诚法师喜极而泣。他心里清楚，在历史上，有不少大型的法会活动，如，灵山大佛开光仪式、舟山南海观音大佛开光仪式，都相继出现了奇异的天气现象，给佛事活动带来了神秘的色彩。这种奇特的天文现象，无法用语言来解答，只能用心去感知、顿悟。作为一个出家人，谛诚法师感悟到了，他所做的一切，也许感动了上苍，得到了佛祖的青睐和眷顾。

大雨停止不久，两千余名信众从江苏宜兴、南浔、织里等地络绎而来。

雨后的上金寺，显得格外清澈、纯净。他们焚香顶礼，尽显我佛归心之德。

是日，上金寺现场鲜花簇拥，千米黄绢装点，几百米进寺庙之路上遍插佛旗，寺庙门前的千年乔木黄布裹身，一派祥和之气。

此时，瑞霭低垂，随着轻风在大殿周围缓缓舞动，雾霭尽散，佛祖慈颜显现，法喜盈会，尽显吉祥。

两千余名信众见证了这一庄重而神圣的时刻。梵音袅袅，鼓乐齐鸣，再现佛陀住世之景。这种隆重的场面，一直持续到下午，信众们才陆续散去，热闹非凡的上金寺，一下子沉寂了下来。谛诚法师拖着疲惫的身体，靠在了椅子背上，闭目养神，眼前的一幕幕、一件件都已成往事，成为历史。有了上苍的保佑、众信徒的虔诚、自己的不懈努力，才有了今天的佛光照耀，有了让人心满意足的美好结局。

下午3时，天空又不知不觉地飘起了绵绵细雨。信众们陆续地返回了，他们感慨着佛光普照的强大，为自己能见证这一奇特的现象而感到非常荣光。

此后几天，天像漏了似的，又下了好几天的大雨，谛诚法师面对密匝匝的雨帘，双手合十，嘴里不停地念着阿弥陀佛，阿弥陀佛。

如今许多年过去了，而那一天的奇特的现象，依然被人们所津津乐道，他们都说，上金寺是湖州的福泽宝地，繁荣了一方净土。

而谛诚法师敢担当，勇打拼，创下偌大事业，此真有志者也。

黄水良，60年代出生，80年代从军，90年代转业至《湖州日报》社。现为《湖州晚报》编辑，著有《艺术的力量》等。

三棵香樟树

◎ 陈志芳

初夏黄梅时节，按约定时间前往下菰城上金禅寺采风。以为按定位过去可少走弯路，结果还是绕了路，原因是湖州出发去上金禅寺有三条路可走，而我们恰巧选择的定位路线是盘山越岭最远的那条路。

到了那里才知道，绕远路的不只是我们。这让上金禅寺变得扑朔迷离起来。

迄今已有一千两百多年历史的上金禅寺位于云巢金盖山麓。金盖山分南金盖山和北金盖山，上金禅寺则坐落于两座金盖山之间分水岭南侧的南金盖山下。位于道场乡菰城村境内的上金禅寺，三面环山，下面是下菰城村，附近有姚岗坞、狗狮坞等村庄。汽车行驶在通往上金禅寺的那条名叫上金路的公路上，映入眼帘是绵延不断的翠绿竹林。

上金禅寺内，树木郁葱高大，鸟语花香，风景优美是一处难得的清静之地。看到寺院门口那棵一百八十年树龄的大樟树，我猛然一惊：眼前这棵大樟树似曾相识，太熟悉了。因为它伸展的下树杈犹如黄山迎客松一般造型，喜迎众信徒香客，令人啧啧称奇，深烙在我的脑海里。我凝视着大樟树，徘徊良久，打开记忆大门搜索起来。

"啊呀,终于想起来了!"蓦地,我惊喜万分,往事历历在目。

原来,我是来过上金禅寺的。不过已经时隔二十年了。

事情是这样的。

1997年异地搬迁至南门外施家桥的湖州乳品厂是我曾经的工作单位之一。离开老单位两年多后的2000年的一个冬日,原单位同事约我去吃饭,我爽快地答应了。尽管年代久远,但我今天依稀能从零碎的记忆中回忆起一些往事来。记得那天吃饭同事叫来了当地熟识的一位村民,主菜是羊肉,喝的是自酿米酒。那位村民年长我十多岁,当时已五十有余,姓甚名谁我已记不清了。中饭开吃时天空飘起了雪花。几个人酒量都挺好,谈兴甚浓,尤其是那位村民,在当地农村,也算是一个文化人了吧,对当地乡风民俗、寺庙兴衰等颇有研究,他讲得津津乐道,我则听得入迷三分。让大家颇感意外的,就在临近吃饭结束时,外面飘雪戛然而止,冬日暖阳钻了出来。正当我起身欲告辞离开返城时,村民朋友笑嘻嘻说,离这里不远处有座古寺,前不久从重兆那边来了个出家和尚在筹建观音殿。借着酒劲,大家连声说好,当即开了两辆摩托车直奔上金禅寺而去。

穿过施家桥北面宽阔的田野机耕道之后,便进入山脚下的一条崎岖不平的山间小道,颠簸了二三十分钟,我们到了上金禅寺。没有围墙,没有禅寺牌匾,没有和尚香客,我们只看到三棵大樟树,三间破旧茅房和正在兴建的观音殿。看见我们到来,正与泥工、木匠说话的一位身穿禅服的年轻和尚双手合十作揖向我们打过招呼。而立之年的谛诚住持,慈眉善目,笑容可掬,交谈中得知,他是今年来此筹建已毁的上金禅寺的。谛诚住持年纪轻轻皈依佛门,我不禁心生敬仰。初中文化的谛诚住持,从小就有当和尚的梦想,为了圆梦,他十九岁独自离家至埭溪茅坞里拓开山皇觉寺,二十二岁去慈溪八卦村学《易经》,二十五岁后至西安户县草堂寺,三十一来到上金禅寺。

上金梵烟

古刹重新諦誠願縹緲世塵以慈悲昭大衆

雲巢依舊茗雲聲莊嚴法語憶舍衛陀如來

楚撰書

（三）大雄宝殿内对联

逗留环绕一圈之后，同去的村民神情严肃地讲述了寺内三棵大樟树的悲惨故事——

20世纪日本发动侵华战争，上金禅寺也难逃厄运。东洋鬼子的铁蹄在湖州南门外的道场、云巢山一带到处肆虐横行，烧杀掠夺，无恶不作。日寇开始构建碉堡。碉堡需要大量的砖块和木料，在当地拆民房、卸门板之后，东洋鬼子最后打起了上金禅寺的主意。当时上金禅寺有二十多棵百年以上数人合抱的大香樟树，大樟树形态各异，樟香扑鼻，雾水滴答，是上金禅寺独特一景。

然而，战争往往使侵略者变得人性扭曲，狰狞可怕！此时的东洋鬼子早已把佛祖训诫抛诸脑后，把慈悲为怀忘得一干二净。东洋鬼子要锯砍上金禅寺大樟树筑碉堡的事情一传出，云巢山一带的百姓们闻讯后怒气冲天。这是可以理解的，自从有了上金禅寺，一千多年来，当地百姓一直以来爱寺如家，信佛护寺世代相传。在改朝换代、战乱纷飞年间，大多寺庙往往也是多灾多难，惨遭毁坏，上金禅寺也不例外。但当地百姓们都与毁寺做抗争，誓死与上金禅寺共存亡。这次为了抓紧构筑碉堡，日军逐村挨家挨户挑选、押解年富力强壮劳力去上金禅寺日夜锯砍大樟树，对反抗者，当场进行刺杀。日寇的罪恶行径引起当地百姓的强烈不满和殊死反抗，几个热血男儿为了保家卫国、保护上金禅寺，离家投奔活跃在吴兴地区的抗日组织郎部，阻挠日寇筑碉堡，迫使其筑筑停停，不能如期完工，终使日寇的扫荡阴谋没有得逞，从而扭转了吴兴地区的抗战局面。抗日组织与寺院住持、和尚及百姓们里应外合，巧妙与日寇周旋，才得以让三棵大樟树幸存下来。

岁月如梭，与佛有缘。话题回到这次去上金禅寺采风上。

谛诚住持双手作揖在寺内笑脸相迎。时隔二十年，从眼前步履稳健的谛诚住持身上，我依稀可见他当年的风采。睿智的谛诚住持思维敏捷，谈吐自如，介绍起上金禅寺的来历和发展如数家珍。2000年他来时，

寺内只有三间破旧茅舍和三棵大樟树。归佛兴寺信念诚，佛面慈善信众多。积德行善，功德无量。经过谛诚住持二十年的倾心而为，如今的上金禅寺占地近七十亩，大雄宝殿、观音殿、天王殿、地藏殿、山门、寮房，一应俱全。

我对谛诚住持肃然起敬：这二十年来，他一个人无怨无悔吃住在寺庙里，夜以继日、不辞辛苦筹措善款，修缮寺庙，工程项目众多，事务繁杂，这是要有何等的毅力和信念。

吃过斋饭之后，天忽然下雨了，烟雨朦胧，别有禅意。

出生水乡的谛诚法师笑着说，自己喜欢住山里，现在已如愿以偿。三十一岁来上金禅寺的，今年五十一岁了，打算做到六十一岁结束。

前面的那几句我都信，最后一句不太相信，因为上金禅寺离不开谛诚法师，他也舍不得离开上金禅寺。

陈志芳，湖州市作家协会会员，市作协报告文学创委会副主任，湖州市文学研究会副秘书长。1987年开始发表作品，已发表小小说，中、短篇小说，散文，纪实文学等体裁文学作品百余篇，约四十万字。小小说《生命》荣获第二届"西湖杯"全国小小说大奖赛二等奖（一等奖空缺，位列第一），另有多篇作品获奖或被报刊选载。

医 者 仁 心

◎ 吴晓云

　　计划总是没有变化快，2020年6月3日，因工作原因，我没有随湖州市文学研究会的老师们去道场乡上金禅寺。但心想，佛在心中，善在心中，结善缘结善果。

　　佛说："救人一命胜造七级浮屠。"这句话，我从迈进医学大门那刻开始，便记于心间。

　　从医三十多载，从当年一名普通小医生成长到妇保院生殖医学中心学科带头人，一路走来有心酸、有喜悦，内心除了感动，更多的是更加坚定地告诉自己，一定要用自己最大的能力来善待这份职业，要为更多的家庭带来幸福，这也是我当初选择学医的初衷。

　　有很多患者亲切地称呼我为"送子观音"，这个称号我实在愧不敢当。临床工作让我见过太多太多求子路上苦苦挣扎的夫妻，他们经历绝望，却仍心怀希望，从不放弃每一个治疗机会，我能做的，就是竭尽全力帮助他们完成孕育孩子的梦想！这是我的梦想，也是我的使命！自中心成立以来，已成功诞生了一千多位试管宝宝，我也非常荣幸地成为试管宝宝的"大妈妈"。

"大妈妈"可不好当,这谁都知道。生殖医学是一个悲喜交加的地方,过来做试管的很多一次就成功了,但也有不少移植多次都失败了。记得有位林女士,来院检查那天沮丧着脸,严重的卵巢功能下降使试管结果不尽理想,获得了一枚胚胎,移植后以失败告终。这次来院前,丈夫和她吵了一架,我知道试管患者她们不怕打针也不怕吃药,她们最在意的是家庭的理解和支持,这时候的她们特别敏感脆弱,凭着女人的直觉和医生的职业经验,我支开了家属与病人交心细聊。原来这对夫妻之前有过一个孩子,可两年前因车祸不幸离世,自孩子走后,夫妻感情也发生了改变,上次移植未果,丈夫已提出离婚,这次来院,还是被女方硬拖来。我这大妈妈,这时又多了一种居委会大妈的身份,我也不打算多解释,我拉来患者丈夫,告诉他,来生殖中心是很多人尝试过多种方法后不得已的选择,这里的人比任何人都焦虑,毕竟他们在医院之外遭遇的压力,是常人不能想象的。你作为丈夫、作为家人不理解、不配合,我这做医生的就算千手观音也救不了你们。说完,我熟练地操作B超仪器,看到结果后笑着告诉他"你不要太担心,隔一天再来抽血,这次的卵泡还蛮好"。接下来,我组织科室再次进行了详细的分析和讨论,并制定更佳治疗方案,互加了微信便于指导。虽然,那次还是没有成功,但之后的交流发现,夫妻间的关系融洽很多,也算是在生育的道路上成功了一小步。

今年三十四岁的沈女士前不久带着可爱的儿子来看我。让我的思绪重回到了七年前。那时,沈女士因为婚后一直未能顺利怀孕,来我们生殖中心就诊。经检查,我建议他们采取试管婴儿助孕,但是两次移植都失败了。每次就诊,她都哭哭啼啼,后来才知道因为婆婆天天催,患者心理压力非常大,于是我开导她婆婆也加入了她治疗方案中的一项任务。

没了巨大的精神压力，沈女士心情愉悦，第三次移植胚胎顺利成功，夫妻俩喜极而泣。在旁边的我，也被此情景所感动。

我曾经静静地跪在佛像面前，问佛祖：如何成为一位好医生？佛说："诚于心，厚于德。佛者，医者，仁心明德。"

吴晓云，女，主任医师，湖州市妇幼保健院生殖中心负责人，浙江省医学会生殖医学分会常委，浙江省医师协会生殖医学专业委员会副主任委员，浙江省中西医结合学会生殖医学专业委员会委员，浙江省生殖微创技术指导中心专家组委员，浙江省人口与健康学会生殖健康专业委员会副主任委员，中国妇幼保健协会生育力保存专业委员会委员，湖州市医学会妇产科分会副主任委员。

谛诚兴寺记

◎ 费桔章

　　1970年,重兆乡双市港村一沈姓普通农户家里传出一男婴啼声,父母大喜,为他取名继荣。及长,讷言多病,体弱未能常学,家人心忧。至十四,其父至近求问,测一"坤"字。卜者久望乃曰:"此子带土,将来达天入地,非从和尚、道士、风水、乩童四业,不能活过十九。"父惧归,秘之于心,未言与家人。

　　至十九,独离家至埭溪茅坞里拓开山皇觉寺,家人未觉先兆。寺中有僧法林,时年六十,亦属狗。察其慧根,乃语与其父,其父始半信疑,因家欲传代,故未落发。然其父久思四业之中,唯风水尚属体面,乃资费三千,托人送至慈溪,从福建易者学郭璞风水。三年成归,游乡邑,助人屋舍宅建、婚丧嫁娶等,视看卜算,虽不擅辞,然言每验,渐有乡名,信众日增。复离家,坐三日两夜绿皮火车至西安户县草堂寺,从佛凡七年,法名谛诚,其志弥坚。母大恐,家人多年分索,终得其居地讯息。苦求乃归。其父始信卜者先言,示告家人,众始恍然,乃知或为天数,父母为姐弟赡养。尘缘毕,遂无牵挂,乃迳至金盖山下菰城村,时2000年。

　　初,居村中普贤庵二月。村中有檀越告知,此庵者,从前阔人家庵

也，谅未能宏愿。本村不远有上金寺者，老底子传京城有名，可去。至，唯三间牛棚，一片瓦砾，杂草丛生。大惊，遂问其故。

因村中老人初所绍介所传互杂不详，谛诚遂复询求证于江南高宝平先生，始知：上金禅寺原钟鼎甚殷，为江南名刹，始建于唐元和十四年，至今已历千载，历朝多有劫难。原址沙山，因其系上金盖山顶必由之路，故名"上金"。明万历间有吴兴蒋瑶者，授太子太保，以之为墓穴，遣散僧众，寺遂没。后僧广镇发重愿，披肝沥胆，于就近易地新创，乃为今址。至咸丰年，寺重归鼎盛，然复罹大难。其时已广有殿舍僧众，并寺船二。舟甚高大，上镌"上金禅寺"。彼时有织里大户人家欲做法事，超度亡灵，二舟载众僧前往，半道至太湖遇强盗抢掠，僧众鸟散，舟为寇得，后用之于水面劫掠官船。事发，官府追查，见舟刻寺名，遂定通匪，皇命严办，人寺毁于一旦。同治八年，复有四僧克艰建寺，后复遇日寇刀兵，寺中众多百年古树被征用锯毁。1966年起，寺院又遭强拆，先后历大办钢铁、"大跃进"及十年"文革"，尽毁，仅余三间茅舍，用作生产队放牛休息之用。殿内石龟、石柱等，当时均敲碎截断，用作水利机埠垫石，全寺遂成今状。

谛诚听罢，长叹不已，内心更坚其志。谛诚谙风水，环视四周，见有香樟树三株，均为百八十年以上者，心愈默然。时四月一日，乃于瓦砾中筑开一地，插下一柳枝，跪天发愿：吾此生唯愿在此，归佛兴寺。若明年今日，来时枝枯，则另择他处；若见柳绿，则必落根于此。

至次年，视之，柳果大绽芽，遂定其志，乃种四时蔬果、竹林白笋，定居于此，信众皆附焉。随后吁告村民，走访乡里，联络故从信众，初甚艰难。其间，有织里做棉布生意之檀越蔡权荣者，多问事于谛诚。谛诚持《易》，多为之解，皆应，蔡乃深信并以为奇，出首善款助建寺庙，奔走相告，后云者遂日众。乃于2000年建观音殿，2004年始建天王殿、地藏殿、山门、寮房等，2008年集善资成大雄宝殿。寺乃有二十五亩。至2019年，上金禅寺逢建寺一千两百周年。

/// 大雄宝殿内对联

余环顾上金禅寺前后左右，殊为胜地，乃慨唐人所识高远非虚。寺周松柏千樟，森蔚增秀，可以开胸襟；涧道潺湲，树遮日月，可以解压力；田艺香稻，薪桂苏兰，竹间茗茶，可以养心神，诚可谓增福寿于万姓、导和气于上国之清静之地。

上金禅寺大雄宝殿于 2012 年 11 月 29 日开光。先是，前二十四天，连续滂沱大雨，信众皆忧。至二十九日凌晨四时，骤然雨止；八时，风平；九时，云开；十时，日出。晴空万里，天香花雨，千余檀越，共证奇迹，诸法事毕，天得正见。众人离去，寺复归宁静，至下午三时二十五分，日收云涌，滂沱复降，一月乃晴。

费桔章，男，1967 年生，菱湖人。1986 年，湖州师范学校毕业后至一军洪湖学校教数学，并自学至杭大中文系毕业。1993 年至 2002 年，文苑小学教数学及书法。2002 年 6 月，经"双推双考"至市司法局做文字工作；2013 年，任市法律援助中心主任；2014 年，通过国家司法考试。2017 年，任南太湖公证处书记。2019 年，在吴兴法院设立民商事公证诉前调解工作试点取得成效；2020 年，辞去公证处书记职务，一心从事诉前调解工作。爱好鲁迅著作、唐诗、史记及书画评论。

游上金禅寺记

◎ 陈　红

　　位于湖州南郊的上金禅寺素以清幽著称。两年前,我曾跟随我的老师高宝平先生去过那里,印象颇深。寺外绿树掩映,寺内梵音袅袅,曲径通幽。在细雨蒙蒙的梅雨季节,又该是怎样的一番景象呢?

　　一时兴起,我独自一人驾车前往南郊。从岘山路一直往东往南穿过道场浜直至菰城村,湿漉漉的空气,绿油油的植被,一条柏油马路蜿蜒在群山包围中。顺着指路牌的指引,我来到了上金禅寺。四周静得出奇,寺门紧闭,门口高高的台阶上,一株粗壮的樟树张开了枝丫像在欢迎来访的客人。上金禅寺有三棵百年以上的香樟树,形态各异,每棵树高十七八米,树冠宽达二十几米。盛夏时节,樟树的浓荫足以遮挡烈日炎炎,樟树特有的清香入心入肺,令人心旷神怡。在雨天,香味略淡,似有似无,无形中仿佛一种力引领着我去寻找、去发现、去感受这馨香之所在。

　　顺着左侧边门入得寺内,方知此时正值内部装修,正殿都关着门,念经的地方搬到了左边的厢房。有位女施主正在全神贯注地念着经,大概是为家人祈福。

　　寺内也很静,有三三两两几位游客。以前上金禅寺的香火一直是很旺的。今年情况特殊,先是受疫情影响,人员不会过度集中,现在又是装

修，香客自然就少了。在寺内缓缓地踱着步，在参天古树下做几个深呼吸，享受一种清幽和宁静，这是最自然、最放松的节奏。什么都不要去想，把心头的繁杂统统放下，让脑子清空，灵魂就会变得干净，人与自然就会无缝衔接，真正感觉到自己是自然的一部分，一切都是那么美好。

沿着石阶往里走，大雄宝殿在寺庙的第三进，高大庄严。门两侧的柱子上一副对联气势磅礴："金身伟大胸次间纳地包天总是真如妙体，殿宇湛深看面前树光塔影无非性海庄严。"大雄宝殿的门是关着的，周围堆积着装修的材料。这时有诵读的声音从大雄宝殿后面的小山上传来，非常好听，应该是僧人在做功课吧。

到寺庙里走走，见雄伟的庙宇、参天的古树、虔诚的香客、神态各异的菩萨，不由得让自己也变得庄重。年轻时认为菩萨是泥塑的，不可信也不该信。现在可不会这么想，是信仰赋予菩萨以生命，是信仰引导人们除恶扬善。敬畏自然，敬畏生命，做好自己！

陈红，女，1968年出生，笔名秋伊，又名只在眉心处，浙江湖州人，基层法律服务工作者，湖州市诗词与楹联学会会员。作品散见于《江山文学》《微文美刊》《湖州警学研究》《湖州晚报》等文学网站及报刊。

先做人,再求佛

◎ 徐雪珍

　　与谛诚法师的结缘始于三年前,因困身于企业经营之苦,想去寺庙求一心愿。记得那天谛诚法师忙于为附近村民诵经解道,我默坐一旁看人来人往,始终没能与法师说上话。直至和众村民一起与法师共进午餐时才谈起了我的忧虑,法师没问我诉求,只是自言道:来我这儿的人多半是迷茫之人,你们本没有错,回去努力做自己便好,佛自在,迷自开。

　　谛诚法师乃湖州重兆乡双市港村人,年幼体弱,但从佛心愿弥坚,曾于西安户县草堂寺从佛七年,法名谛诚。后于2000年迳至金盖山下菰城村,归佛兴寺,即今日菰城下的上金禅寺。记得第一次见谛诚法师,给人的印象便是朴素、仁和、善施。自那以后,我记住了法师的话,自信满满地过好生活中的每一天,做好身边的每一件事,渐渐地,内心没有了以往的焦虑与不安,身边的人和事也变得安静祥和起来。时过三年,突然很想回寺庙还一心愿,便相约高老师陪同前往。7月4日,天公作美,天微凉无雨,老师携孙女欣怡共同前往,走到半路,突然全身直冒冷汗,处晕眩状,手中的方向盘开始发飘,我知道那是吃降血糖药后出现的低血糖,走时匆忙忘带巧克力了。老师速拿孙女的饮料为我应

了急,待我们驶入庙门口时,庙中一师傅刚从外地赶回寺庙,手捧馄饨前来相迎。见状暗暗窃喜,一口气下肚了半盒方缓过神来,庆幸自己有老师的陪同,方躲过了一劫。进寺见到谛诚法师,老师便如数告知我们这一路的插曲。法师听后,双手合十,自言道:阿弥陀佛,一切皆缘,身边皆佛!老师孙女的饮料、师傅的馄饨,看似巧合,冥冥之中,都是来救你的菩萨!你们踏入庙堂,知道什么是佛教?佛,是觉悟的人,人是没有觉悟的佛。佛教就是让有觉悟的人来教没有觉悟的佛。佛祖释迦牟尼在菩提树下看见流星划过天空,曾惊叹道:"奇哉奇哉,大地众生,都有如来之相,违背了执着与妄想,所以他们才沉迷苦海。"佛与众生,有什么差别?许多人听到这个问题会暗自发笑,一切佛的境界又岂是凡夫俗子所能达到的?法师说其实不然!一切众生都是佛,只是众生都找不到自己的本性,找到了就不是凡夫,个个是佛。众生是没有差别的,每个人生来就是佛,只是很多人沉沦于俗世,不能自拔,所以迷失了自己的本性,误认为人和佛不同。因此,每个人不必妄自菲薄,只要你愿意,愿意舍弃一切去修行,你一定能够成佛。一切众生皆为佛,真意自在本性中。如果我们每个人都能各执其道,少一点执着与妄想,那么世间就会和谐许多。我作为和尚,就得做好和尚自己的事,把佛教事业做好。做佛先做人,佛在人之上。法师说起永乐年间某一寺庙,供着一尊满脸红晕、满身金甲的财神爷,让人醒眼的是旁边那副对联,上联:没有多少钱,你也求,他也求,到底给谁好;下联:不做半点事,早也拜,晚也拜,真让我难办。这副简约朴素的对联,饱含着极其丰富的人生哲理。说起做人,法师又将他庙堂看到的经典滔滔背来:一等人,忠诚孝子;两件事,读书种田。讲起永乐十六年,南岳衡山大庙戏台旁的对联,法师掭笔即写:凡事莫当前,看戏不如听戏乐;为人须顾后,上台总有下台时。法师细细地为我们阐释了这副对联,告诉我们,凡事莫要强出头,韬光养晦,低调行事没有什么不好,到头来,往往看戏的不如听戏的

快乐。待人处世，一定想好退路，人不可能风光一辈子，终有谢幕的那一天。是啊，古往今来，又有多少人能明白其中的道理呢？

求佛之前先做人，未能事人，焉能事佛？这是谛诚法师对佛教的独到见解。先学做人，能把儒家四书五经等做人之理通达了，成功了，求佛一定成功。像盖房子一样，先把基础打好。人都没有做好，又怎么能够成佛呢？人成了，就是成佛。佛法告诉你的就是这个道理。佛学并没有什么玄虚，一个学佛的人，首先在心中要建立这样的观念：每个人来到这个世界，本来就一无所有，我们周围的一切，都是众生、国家、父母、师友们给予的恩惠。因此，要尽我之所有，尽我之所能，回报他人的恩惠，甚至不惜牺牲自己而为世人，济世利物。法师说：世法与佛法是同样的道理，因此，像我这样出家的人，要懂世法，世法懂了，佛法就通了。所有真正

/// 礼佛写福

上金梵烟

的禅宗，并不是只以洁身自好便为究竟。后世学禅的人，只重理悟而不重行持，那是大错特错。

一个人如果真的能将人做好了，那就离佛的境界不远了。好多人一心修佛却忽视了做人的根本，其实是曲解了佛理的真义。父母时常对孩子们说，不求成才只求成人，而佛祖对于人们的期盼恐怕是，不求成佛只求成人。先做人，再求佛，一个人真的能够做到如此，不但可以使自己获得幸福，而且还能够造福社会，成为社会的有用之才。

徐雪珍，女，1969年12月生，湖州练市人，浙江大学金融学硕士。现任浙商财产保险股份有限公司湖州中心支公司党委书记、总经理。爱好国学与哲学，业余喜阅读与写作。

上金寺探访

◎ 费春菱

　　窗外,雨织烟岚。这神秘氤氲的美总会让我想起丙申中秋细雨绵密的午后与高宝平老师同往城南上金禅寺那一路的如梦似幻以及云巢深处那一方清净之地。

　　　　　　微雨访僧家,南郊黛笼纱。

　　　　　　禅音通梵境,素月隐青霞。

　　那日走的岘山路是一条位于道场乡直达上金寺的乡村公路,有七八公里长,会经过北宋时期著名湖学创始人胡瑗先生陵园,途中右手岔路口有通往蜈蚣岭古道的指示牌。老师文史渊博,我边听他讲述着当地的山水人文,边欣赏着轻纱笼罩下的青黛色山林,时间仿佛与春秋时期相融,想象着两千两百余年前楚春申君黄歇在此筑城设县和当时下菰城的繁华,而今留下的下菰城遗址则是千年历史的烙印。心驰神往中便右转进入一片幽深的竹林小道,随着这抹浓翠,心也变得澄明。坐落于遗址东侧城墙外、始建于唐元和十四年的千年古刹上金禅寺已豁然入眼。山门朝向百里垂柳依依的东苕溪。寺前有形态宛如开门迎客的百年樟树,枝繁叶茂。

忽闻禅乐清音飘来，欢喜心也就随之而生。拾级而上，走进刻有"菩提长青"的边门。

那年谛诚法师还在三圣殿南侧的寮房待客，我跟着老师行过礼，便在门边的小桌翻看用来结缘的经书，老师则与谛诚师畅谈起来。高老师作为佛教文化学者，常会应邀为各寺院做些笔墨文章，每次当我站在大雄宝殿内望着立柱上老师撰写的："古刹重新，谛诚愿，缥缈世尘以慈悲昭大众；云巢依旧，苔雪声，庄严法语临舍卫听如来。"欣赏着那幅描金的楹联，在赞叹老师智慧的同时，总会被大殿内庄严恢宏的大气所震撼。谈笑声中，谛诚师说今日中秋，我们一起吃月饼，便取出善信供养他的纯手工素月递与老师和我，虽也常去拜会谛诚师未觉生疏，却还是倍觉受宠！谛诚师一边品着玫瑰豆沙馅的月饼，一边吟诗道：

浮生廿五入长安，六载清修面壁观。

千禧庚辰临净土，云巢深处兴本鋈。

这便是他与佛结缘后，二十五岁去往陕西户县中国佛教启祥之地草堂寺剃度，从此贝叶青灯研修三论宗，2000年世纪之交归来，经人示引，结缘旧称净众禅院的上金寺。2000年的云巢山，谛诚师与村里协商购买了三间工棚，在上金寺旧址上发愿重建古刹，从此开始一心静修、结缘、弘法的禅修之路。十多年过去了，三圣殿、地藏殿、金刚殿、两侧寮房相继完工。壬辰年大雄宝殿开光。当初的想法一一都在实现。谛诚师的笑容是舒展的。

那个中秋印象深刻，之后每逢佳节都会想起下菰城的烟雨，那清甜的玫瑰豆沙的素月，以及谛诚师充满禅意的妙识真智。去上金寺走走，看看那三株风姿各异的几百年的古樟，听大师说禅几乎成了近几年每月的

上金梵烟

必修。有时我也会把自己的不安疑虑向谛诚师问询，谛诚师总会用智慧的言语、佛家的因果劝慰我放下，他幽默的方言、恰当的举例总能让我豁然开朗而心静神安。

戊戌年的9月19那天，我前往上金寺礼佛，那日一进寺院，信众都好像在议论着什么，三圣殿前挤满了人。我也好奇地跟着进了北边的寮房，说昨晚有奇事发生，二楼谛诚法师卧房的屋顶坍塌了。我钻进人群爬上那个木楼梯一探究竟，哇，心惊肉跳，只见一床的瓦片，足足有两斗

/// 寺中一景

车,瓦片把草席枕头都砸烂了,正对床的横梁断了两根。我惊出一身冷汗,我只记得谛诚师说过每晚很早就睡下的,谛诚师呢?见到被人群围着的谛诚法师,终于放下一颗悬着的心。原来,昨日傍晚恰巧有人相邀出门办事,晚了未归,才有惊无险。按传统习俗,本命年常被认为是一个不吉利的年份。这年正是谛诚师的本命年。这难道是巧合?是天意吗?

谛诚师微微笑道:或许菩萨在向我示意,要多做善事,不然我佛门子弟也会有不测之忧。谛诚师谦虚了。他从小心归佛门,汉传佛教的因果深耕于心,一直用他的慈悲心、智慧心为信众香客排忧解难,为百姓创造一方和谐安宁、惠利众生的净地,相信佛菩萨一定会护他周全的。常怀一颗感恩心,多做善事多积福,自然能逢凶化吉,相信好人一定有好报,这也是我们学佛所该悟到的吧。我想近年来父母年已耄耋,依然挺拔硬朗,先生、儿子也都工作顺利,自己每每有小心愿也能达成,不求大富大贵,日子平安顺遂,这应该也是有缘与佛亲近,常怀善念,远离贪嗔痴而受到了菩萨加持吧。

一宵烟雨润湖城,堤上风轻紫燕迎。

向往云巢清净地,拈香敬佛听钟声。

费春菱,女,1970 年出生,曾就职于菱化集团,2007 年转型加盟保险行业,从业十三年,现任阳光保险集团湖州中支银行业务部资深财富经理。中国寿险规划师,高级健康管理师。湖州诗词与楹联协会会员,湖州易经协会会员。有诗作发表于《茶风》等。

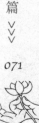

为着心中理想与信仰

◎ 褚亚春

很久没有闻到这样清冽的空气了。

开着车子随着导航的指引，我们向郊外开去，一路向南，然后向上，到了一条盘山公路，是很窄的山路，两侧布满密密麻麻的丛林。

正是南方梅雨季，这些树木在雨水的滋润下，长得更加郁郁葱葱。路旁还有许多不停从大片绿色中跳出来的红、黄、蓝色花，向我们挥手。

我握着方向盘，一心应付着蜿蜒曲折的山路，但眼睛的余光里还是弥漫着山体氤氲的雾气和远山淡青的魅惑。因为要赶着时间去上金禅寺，我不能下车观光。

心里想，若要看日出，完全不必去远方，不必去东海，这里就是绝佳地，离家又不远。只要我有这个愿心，某天能起个大早，我就能看到辉煌的瞬间。但我常常和大部分人一样，更多的念头只是想想而已。

回想过往，对未来做了千万遍设想，对美好做了万千种描绘，最后都只是成了浮云朵朵。宝贵的时间却一去不复返。《明日歌》就是我和大部分人的状态。

而成功的人却完全不一样，他们一旦动了心起了念，必会落到现实中，化为实际的行动。今天要去的上金禅寺，听说当家师傅就是这样非

凡的人。

师傅名谛诚，一脸佛相，那两轮弯的弧度完美的眉毛，根本就是依着佛像雕塑上的标准弧度长的，更加印证他就是佛的代言人。似乎在明示我们，他入佛门才是他的正道。看到他，我感到安慰和平静，就像观佛像一样。

而他本人也在冥冥中好像受到感召。他说他从小就想要出家做和尚。别的孩子说理想是做科学家、医生时，估计他也不敢对老师说他的理想是当和尚。反正他的妈妈是吓了一跳。为了传宗接代，她不动声色地照例为他相亲，布局家族繁衍的大事。他为了顺利做和尚，也就依了母亲。父亲则更理智，郑重地去算了一卦，真也说他十九岁那年必会入佛、道或大神界，否则性命不保。

性命攸关，哪敢违抗。

他就这样，依着愿心追随，早年去西安草堂寺拜师。学成后，决定另立山门，弘扬佛法。于是回到家乡，到了道场乡菰城村。

2000年，面对当时出现在眼前的这一大片荒山野地，他却如获至宝。原来，废墟里曾经有古寺上金院。

有一天清晨，一道绚丽的朝霞破云而下，他仿佛看到佛光在荒山野地上徘徊不去……他决定就此留下，誓把上金院重新发扬光大。

事在人为。二十年时间，他以一己之力从平地起刹成殿，修筑厢房，殿角着金铎，户落朱漆，金碧辉煌，寺院方圆已达六十九亩，功德不可估量。

宝铎随风和鸣，铿锵之声，远播十余里，成就了今天的上金禅寺。

为了静心做事学习，他不用微信，不用支付宝。现代化的所有只会干扰他的一心一意。他说一生太短，只能一心做成一件事。做成后，也就管不了身前身后事了。

是啊！佛教的兴衰、寺院的建毁，从佛教引入中土开始，就没有停歇

过。不由信众的意愿，全凭皇帝一人心情，一言不合，灭！一时兴起，建！

北魏道武帝拓跋珪好黄老、佛教。在396年时，官方设了僧官制度。拓跋珪大兴佛教，一时佛寺在全国遍地开花。

然而，过了五十年，却遭遇了历史上第一次由最高统治者发起的灭佛运动——"太武法难"。太武帝拓跋焘自己笃信儒、道，又受当时名士崔浩的洗脑，一直限制和打击佛教。

最重要一次变故，是在太平真君七年（446），太武帝拓跋焘在平定农民起义时，率军经过长安一佛寺，竟发现寺内藏有大量兵器。太武帝一怒之下，全面灭佛，焚毁寺院，坑杀沙门。

灭法后四年，崔浩被满门抄斩，为皇帝洗脑，却被割了满门的头。后来，太武帝拓跋焘本人在452年，被宦官所杀，宫廷斗争又借佛灭了皇帝。

/// 寺院山门

到了文成帝、献文帝时，又大力兴佛。

北周周武帝灭佛，是历史上三大灭佛运动之二。

周武帝同样受身边人元卫嵩的煽动，但这个皇帝还是讲民主的，先后七次召开儒、佛、道三教在殿前舌战，各陈其优。渐渐地，佛教一方落后。于是，灭佛之势成定局。又一次全国性灭佛，只是手段较温和，不杀僧人，令其还俗。

到了唐朝，唐武宗又掀起一阵灭佛的狂飙运动。这三次全国性灭佛运动都给了佛教一次又一次毁灭性的打击。

因着佛教在中土的命运垂直剧烈上下，寺院也是反复建了毁，毁又重建。当然还有各种天灾战祸。

上金禅寺始建于唐819年，唐武宗灭佛是840—846年，自然躲不过浩劫，受到毁灭打击。

到现在，这中间，历经磨难，几番毁建。

幸运的是，有着千千万万像谛诚师傅那样执着坚定于心中信仰的人，为了心中理想与信仰，奉献了青春、奉献了灿烂年华、奉献一生的心血。

看到眼前上金禅寺的奇伟精妙，那是信众精神上的胜利！浓浓的温暖，又何曾没有激励着像我一样的人们？只要有坚定的信念和精神向往，再笃实地落到实际，将无事不成！

褚亚春，女，湖州人。湖州市作家协会会员、湖州市文学研究会会员、湖州市诗词楹联学会会员。作品散见《南太湖》《文学视野》《湖州警学研究》《湖州日报》《湖州晚报》等湖州本地报纸杂志及舟山文学杂志《望潮》、北京《中国石化报》。部分作品入选《湖州当代优秀文学作品集·散文卷》。

好命就是心境

◎ 沈伟儒

　　半世频繁车马,历年几度沧桑。而今摆脱利名缰,归老林泉稳当。漫道前程远大,怎奈世态炎凉!从今一梦醒黄粱,往事何堪设想。

　　今天周三,湖州市文学研究会好多老师相约去了道场乡的上金禅寺采风,我因为家中有事,没能前住。

　　记得,我是1990于悲愤中离开湖州的,那是人生第一个低谷。走之前的夜里做了个梦,梦里竹篙轻点,小舟离岸,远处彩霞满天。

　　再次归来已是2001年,已初为人母,回湖起起伏伏十年,那时一边做着期货,一边做着销售,日子相当滋润,闲暇之余常独自驾车游走,踏遍湖州的乡间小路。

　　人一旦到了顺境,心便缺了提防。又十年,这次帮了别人却造成让我此生再不能弥补的缺憾——父亲突然离世。

　　人世间有很多缘分,回想起来也真是奇妙,有的人一共也没见几面,但竟然也可以铭心难忘。

　　因这后十年的缺憾,我愤恨、焦虑、彷徨、自责、内疚、无奈。高老师带我去见了上金禅寺的住持谛诚法师。

曾经只三间破瓦房的上金禅寺在谛诚师二十年的努力下，信众成千上万，大殿巍峨。

谛诚师其实只比我大了两岁，他言语智慧圆融，寥寥数语点拨，自此让我开始一点点平静。

与谛诚师虽只聊过几次，话都不多，但让惊讶的是每次他都能直接喊出我的名字，也敬佩他为兴寺院亲自操劳，更敬佩他信念的笃诚。与谛诚师的交往就像龚自珍诗中所写"万人丛中一握手，使我衣袖三年香"，他寥寥数语对我的言语提点与情绪安慰，犹使人难忘。

很多人认为，情绪好了，生命就能感觉美好；情绪不好，生活再美好也全然感受不到。我想是这样的。

情绪本无好坏，是我们自己把愤怒、焦虑、恐惧、害怕、悲伤、难过当作负面情绪，甚至当作敌人，与它们或对抗，或压抑自己，使我们深受其害。

而所有的"负面"情绪都是我们的信使和保镖，提醒我们："你已偏离幸福的轨道，需要赶快调整。"

然而，现实生活中的很多人常常把精力用在对抗和逃避上，而不是调整，所以越来越糟。

情绪之所以重要，是因为情绪会影响人对事情的看法和态度，也会影响一个人的精神状态，还可以影响一个人作的重大决策。

谛诚师的只言片语化解我的心结。他还从生辰八字中指导我的择业方向，让我坚定自己的信念，终会有所成。

昨天早上，母亲给我发来微信语音说："现在感觉好幸福，一睁眼，菜和早点已在桌上。"可我知道，我只是做了父亲那些年常做的事之一二而已，根本代替不了父亲。感到幸福，是因为已放下所有心结。

/// 观音殿内千手观音

放下心结，我们便可以春夏锄云犁雨，秋冬收获赢仓。霜晴樵采到山岗，归去沿途浅唱。朝步黄花幽径，暮归绿野山庄。庭除久坐恋宵凉，明月清风独赏。

后面的日子还长，幸福可待！

好命就是心境。

沈伟儒，女，1972 年生人，毕业于武汉大学咸宁学院药学专业。20 世纪 90 年代初，曾参与管理杭州东坡画院，现为湖州市书法家协会会员、湖州市文学研究会会员，湖州市陆羽茶文化研究会会员，供职于杭州冠晨医疗器械有限公司，并从业期货。

上觑上金禅寺

◎ 倪平方

"南朝四百八十寺,多少楼台烟雨中。"这话似乎就是吴兴的写照。东林的祇园寺、常照寺,织里的利济禅寺、观音禅寺,妙西的栖贤禅寺、饮马寺,埭溪的皇觉寺、天字禅寺,道场的万寿寺、文殊禅院,还有城中的铁佛寺、天宁禅寺等。

吴兴多寺庙,但是与道观共处的就不那么多见了。出湖州中心城往南约七公里,在风景优美的道场乡下菰城村,村民居住的房屋高高低低、错落有致地围拥着一座林木幽深的山,名曰金盖山。金盖山主峰海拔292.6米,据清光绪《乌程县志》载:"峰势盘旋宛同华盖,故名。"又因"金盖故多云气,四山缭绕如垣,少焉日出,云气渐收,惟金盖独迟",故又名云巢山。

金盖山历来是湖州南郊的风景佳处。"吴中四杰"之一又是明初十才子之一的张羽,曾是安定书院山长,他以八首近体诗合成"吴兴八景",其中就有"金盖出云。"

金盖山郁郁葱葱,绿水长流,空气清新,环境静谧。山腰间的古梅花观,又名纯阳宫,始建于嘉庆元年(1796),是全真教龙门派在江南的活动中心。也正因为古梅花观的盛名,所以抵达古梅花观的路旁这一座上金禅寺鲜为人知。

始建于唐元和十四年的上金禅寺位于金盖山南麓，一边是古梅花道，另一边则是下菰城遗址。寺院三面环山，一面竹海，风景秀丽，曲径通幽。东有东苕溪逶迤而上、贯穿始终，西有金盖山遥相呼应。

2020年6月3日，应邀前往上金禅寺，被高新科技的导航带偏，在附近绕了几圈，穿过颠簸的鹅卵石路（应该是步行道），再折过一段仅可一车通行的乡道，终于驶上了熟悉的古梅花道。导航突然显示往左再往右即到上金禅寺，按图索骥，果然看到了禅寺的大门。一棵高大葱郁的古樟树，以开门迎客之态，迎接了我的第一次造访。

寺前的放生池里有好几只龟在悠闲地游着。这里四周环境幽静，空气清新。寺院打扫得非常干净，寺内布局很紧凑，正殿周围种满了一盆盆的荷花，清新雅致。圆通宝殿和地藏宝殿左右呼应。在寺院中央，我看到了第二棵古樟树，与大门口的古樟树不同的是这一棵则状如三炷清香。我双手合十，深深鞠躬，让滚滚红尘中的一颗疲惫的心静下来。近处未见盛开的花，却分明有暗香阵阵萦绕鼻翼。有一阵风自远方而来，拂过闭合的眼帘，飞檐上的铜铃间隙发出叮当叮当的声音。

从旁边一直走到大雄宝殿，第三棵古樟树枝繁叶茂，如千手观音，足可以安抚四方来客的心。大雄宝殿法相庄严，富丽堂皇，此时香烟缭绕，烛影摇曳，木鱼声与诵经声在大殿里汇聚融合，悠扬绵延中透出异常的安宁。我轻手轻脚地走进殿堂，只是通过眼睛去感知大殿里的这一切，生怕任何响动会惊扰了这梵声里的静谧。那就干脆闭上眼睛吧，静静地聆听这静谧中异常清晰的念经声。这些整齐的念经声语速极快，声音动听，似诵似唱，似山溪流淌，似清音风送，流畅自然。这声音竟如此美妙，给人以如梦如幻般的感觉。叮当，该是飞檐上铜铃声音之外的声响，这一声，霎时间令我感觉这静谧幻生的世界犹如一本

书骤然合拢，寺院里恬淡与闲适的气息，让这微小却不容忽视的声响赋予了我内心极度的震撼，突然向内观自在，才发现这份空灵居然并非是我们的耳目所感知的，竟是心。这心灵开启的玄机，却就在这造访上金禅寺之行中，从围着目的地绕圈开始，几经颠簸峰回路转才柳暗花明，才会在这里顿悟"云淡风轻听钟声，静思禅慧洗俗尘"（明代德清憨山大师语）。

转身进入后堂，结识上金禅寺住持谛诚法师。随着法师的讲解，我的视线仿佛穿过"上金禅寺"的寺门，穿过了数百年的历史烟云。

/// 寺中一景

从谛诚法师的介绍里,我才知道上金禅寺的前世今生,才知道规划中的上金禅寺何等辉煌宏大。我匆匆而来,言语谈笑间就轻松收藏了上金禅寺近一千两百年的历史,想象着上金禅寺的容颜变更,回眸仰望这三株高大挺拔、郁郁葱葱的古樟树,我不禁感慨万千:不断改变的容颜下,我们都在走着一条亘古不变的路,一条走向灵化走向大同之路。

倪平方,70后,世居湖州,"一代中师生"之一员。浙江省作家协会会员、中国诗歌学会会员。爱诗三十年,始终认为"写诗,意味着我还好好活着"。作品散见于《诗潮》《黄河诗报》《浙江诗人》《青春》等,出版有诗集《原乡·东林山水说》。

在生活中修行，在工作中悟道

◎ 钟英秋

　　有人说，"人生不过是一场自我救赎。"我们每个人的一生，总会遇到形形色色的人和事，而大部分的经历都如人饮水，冷暖自知。2013年4月，因女儿中考的因缘，我第一次走进上金禅寺，为人父母，人之常情，总想给孩子做点力所能及的事，在菩萨面前许个愿，希望孩子能考一个好一点的学校。

　　初见当家师傅释谛诚法师时，他在菜地里施肥浇水。看到我们到来，他从菜地里走上来，摘下戴在头上的草帽，双手合十和我们打招呼。没进过寺院的我，也双十合一回礼师傅。师傅带我们走遍寺院的每一个佛堂，亲近菩萨。交谈中得知临近中考之际，寺院有文殊法会，中考的这几天，寺院还有法会。师傅说，如果有时间的话，可以来法会念佛和拜佛，用你的诚心祈求孩子考试发挥正常。虔诚念佛，菩萨会感应的。

　　女儿中考的那两天，考试接送由孩子她爸负责，中饭由孩子她大舅妈负责。我一早从闹市出发，驱车将近半小时去上金禅寺参加中考法会，幽静的山路宁静祥和，寺院里没有网络，没有电视，没有空调。法会在观音殿举行，诵经拜佛的都是和我母亲同一辈的阿姨。后来在聊天中得知，她们并不识字，却能够把佛经念诵流畅，法器也使用得心手相应，游刃有余！

寺院的斋厨还是传统的火灶，厨房的后面是菜园，听阿姨们说，师傅常年种上应季的蔬菜，除了自给自足，还会布施给需要的人。

中考成绩揭晓，女儿如愿以偿被湖州二中公费分数线录取。也是从那时起，每月初一、十五，只要没有特别重要的事，我都会开车前往上金禅寺，有时候，还会一早赶到寺院做早课。顺便帮着干点力所能及的事，空下来就和师傅聊聊天。师傅很谦虚，每次都说自己文化水平低。而我，却在和师傅的交谈中悟道，原来想不明白的事突然之间想明白了。常言道："人生不如意之事十之八九。"每个人都面临着各种各样的烦恼，都会有痛苦和委屈的情绪，工作上的琐事，身体上偶尔的小疾，感情上的磕磕碰碰……在时光的流转中，似乎是眨眼之间的事。

母亲是村里为数不多有些文化的妇女，上过高小，当过教师，可知识阻止不了母亲迷信。家里不顺时要找仙娘婆问一下，生病了要请仙娘婆算一下，只要她觉得能算的，就一定会去算一卦。学佛后的我对母亲的迷信产生了极大的排斥，每次回家都要劝母亲要吃素要念佛，跟她讲我在上金禅寺遇到的那些学佛的阿姨如何持戒吃素念佛的事，每每和母亲讲起这些，母亲总是和我有不同的看法。

师傅说生活中处处能成为道场，"恒顺众生"，先从身边的亲人开始，学佛就是学做人，真正的修行是修心，是修正自己，而不是修正别人。是啊，母亲请仙娘婆为我们算这算那，无非是想让我们过得安康幸福。

2010年，我通过考试成为一名非执业注册会计师，那时候的我，在家族的光辉下，无论是生活还是工作，美好的物和事都在身边围绕。人生，就是这样一边拥有，一边失去；一边选择，一边放弃。2014年，一切都是重新开始，从家族企业出来的我，跨界审计专业，进入会计师事务所工作，成为一名执业注册会计师。改变生活，需要勇气，改行更需要足够的勇气，因为

必须要去面对未知路上的风风雨雨。师傅说工作也是一场修行,修自己的耐心、恒心、平常心。在这个世上,极少人的人生是一帆风顺的,大部分的人,都要接受苦难的考验。经过半年的历练,我终于能够独立承接审计业务了。

2015年,我皈依了释谛诚法师,师傅赐法名"理暖"。师傅说记住该记住的,忘记该忘记的;改变能改变的,接受不能改变的;轻易得到的,不会长久,长长久久的,不会来得那么容易。

2017年,有一家高新技术企业复评审计,朋友介绍,由我带队审计,审计的过程中,发现几个重要的指标不符合高新技术企业复评的要求,虽然已经连续加了三天三夜的班了,我还是向委托单位提出了退出本次审计的要求。委托单位说可以调账,让我继续审计,并明确表示可以提

/// 上金寺正门侧照

高几倍的审计费。想起师傅说过，环境可以乱，心灵不能乱，当下的修行是要经得起诱惑。最终，义无反顾地放弃了这项审计业务。

2018年，我通过考试获得了美国注册管理会计师证书，成了北京东奥会计在线继续教育和实务课堂的独家签约讲师，在审计行业渐渐地有了一席之地，随之而来的名和利让自己有点飘飘然。这时，师傅说，不妄求，则心安；不妄做，则身安。

每个人总有一段难熬的岁月，当我们学会熬过所有苦难和折磨，这个世界对于你来说便有源源不断的有意义的"明天"。六祖慧能大师说：佛法在世间，不离世间觉。离世觅菩提，犹如寻兔角。师傅说，真正的修行不在山上，不在庙里，不能脱离社会，不能脱离现实。用一颗平常心，活好当下，修行每一天，在生活中修行，在工作中悟道！

钟英秋，女，中国注册会计师，美国注册管理会计师，中级会计师，中级经济师，中级统计师。就职于湖州某知名会计师事务所，担任部门经理。兼任湖州职业大学会计老师、湖州航天财税大讲堂特聘财税讲师。并多次担任当地政府财政监督检查组组长，长期担任当地一些大型企业的财税顾问。

素心初生，无尘无垢

◎ 赵鲜敏

题记：禅，近在咫尺。是卸下凡尘辎重，轻盈面对自我之角落，带满治愈系的力量。

（一）

的确，从菱湖至位于道场乡下菰城风景秀丽的千年古刹上金寺，驱车只短短三十分钟路程。

"下菰城，上金寺。"当听得李民老师打电话来，说邀约我同去参加采风活动时，一向不太喜欢集体活动的我，心间竟陡然生出一股前往的冲动。

这缘起于文字。家中先生网名"菰城子"。至于上金寺，"上金"两字，更引得我万般遐思。"上"得"高中(zhòng)"之意，"金"为金榜题名。或许倾注了自己作为一名母亲，对孩子成长的万般期许，甚至隐含着教导力不从心、愧疚之意。唯有虔心祈愿，方显弥补之情切。

去上金寺当天。一如往常，凌晨三四点早醒。同身旁先生轻轻说了会话，又不知不觉得了个回笼觉。

朦胧睡梦中，不知身处何方。只见路旁一棵苍翠遒劲大树，粗壮躯干尤显奇异，长满枝枝叶叶，湿漉漉的那种清爽明亮，似雨后天晴……

醒来，心生好奇。用力循着梦去梦来的方向，极力追索，使劲回味、揣测。如此行前，不免心生纠结，有了横生枝节般的某些不畅。

（二）

庆幸得两位老师亲切随和同行。

车从开始出发的大公路，蜿蜒至有些崎岖的小泥道。迎面而来是透着夏日绿荫葱茏之气的田野河滩，湖水濯濯，芦荡清新，草木葱郁，白鹭飞飞，似乎缓释了先前一些梦境纠缠郁结。

通往上金寺的路，给予我最初也是贯穿始终的印象，有股心灵皈依的大宁静。

走进上金寺那一刻，突然觉得，虔诚在我胸中，是一件多么可遇而不可求，甚至幸福的事啊！因为虔诚，才有感触，因为有感触，所以眼前万物随心丰盈起来。

就觉得，这三面环山、满目苍翠掩映的寺院，用眼睛看、耳朵听、躯体触碰俨然不够了，似乎直觉更能抵达这方清幽神圣之地。

迎接我们到来的是寺院门前一片静谧开阔的地道。沿台阶上去，靠右手，一株百年大香樟优雅舒展身姿。树下一张石桌，四个石凳，恰与大树浑然天成，作迎客礼遇之势。寺门前，一只小黄狗悠然匍卧，漆黑童真的眸子睁睁阖阖，有心无意地观照眼前发生的一切。

天地自然，动静相宜。素朴中透着佛门清幽、闲远奢华之气。

我和我的心圣洁起来，说话声也空灵了。

万般虔诚，依偎起百年树龄的大香樟，闻了又闻，她满身的香。大树根旁，一株纤巧的栀子花开着，清纯的白里自带了几分稚气可爱。不禁

让我有吟诗的冲动。

松下问童子……

想必古诗里那位寻隐者,会悠然屈尊,拂拂这可爱童子,好一朵栀子花开,问她与师傅同安好。

(三)

原以为寺院未曾开启,误打误撞,却已入一旁侧门。

不觉又是一境。

迎面走来一名年轻端庄美丽女子,单肩背了偌大一个柳藤筐,白皙的脸庞,两颊微微泛起两片红晕,感觉得出,这是欢喜与兴奋交融的样子。她朝我轻轻颔首,示意微笑。直觉再一次告诉我,这是一种主人式亲切接待的招呼。后才知晓,她叫英秋,有注册会计师的傲人职业。她还是上金寺皈依弟子,每月初一、十五都会来寺里帮忙,吃斋礼佛,数年雷打不动。

暗生敬佩感动中,不知不觉拐进另处别院,抬头瞬间,突生了与早间梦境撞个满怀的讶异。

不会吧! 不会吧! 碍于寺院静谧,一遍遍,只能心间惊呼人生玄奥。

不可思议,却成了眼前事实。

这不是梦吗?!

一棵苍劲粗壮的大树。树干通体被别种藤蔓类植株遍身包裹,大大小小叶片儿,在日光的风中,一闪一亮,一张一翕,徐徐延展,勾勒晨之梦境。

我不禁看呆了!

梦,即圆于此。

看山是山,看水是水。

见山不是山,见水不是水。

凡事万物,通透之心,在美一念。

同行老师陆续到来,我难掩胸中彻悟之澎湃,随即问起,包裹树干的是什么植物?有位老师说,这叫薜荔,她的果子可以用来做凉粉。晶莹剔透,一派清明,确属消夏佳品。

而薜荔别名木莲,寓意高尚。正如上金寺恢宏气势中隐逸的一点静美。

(四)

原先以为,寺院其他僧侣都在各自禅房理事,未到露面时辰。可一直不见。我忍不住,拉了老师,悄声问。老师不知为何,顿时笑得,比我问的问题还天真。老师说道,上金寺平日只谛诚师傅一人,初一、十五,或有信众过来烧香拜佛还愿。

我该称谛诚为住持,但莫名欢喜称他谛诚师傅,直觉来得更亲切些。

我们一行人让谛诚师傅讲讲信起修寺以及各种过程艰难。谛诚师傅特别简短地说就只想专心做好一件事,就是把寺修好,就这一条,没有其他。

后来,在老师们极力促使下,万般推托不得,他才断续说了他个人一些生平故事。

师傅手机,至今尚未开通微信。以此律守佛门清规。

路经一间禅房,隐约有诵经声声传出,明知是录音设备,却仍有天籁梵音飘忽之感,衬得寺院越发神秘、清幽。

我们一行,与谛诚师傅交流结束。听说,是在寺院用斋,我又不免心生小小兴奋。似乎可为此行上金寺,注入更高一级的虔诚。

枇杷、小番茄、土豆、茄子、青椒……寺内好多菜蔬瓜果都是谛诚师傅亲手栽种。用师傅话说,捣鸡粪施肥是这双手,上香礼佛也还是这双手。

佛是什么，禅又是什么？无须文字，不必语言。皆在我们一片真心，诚哉美意。

挑柴担水，衣食住行。心在此，禅即在此。正所谓翠竹黄花，一切的生活都是禅。

亦如此行。

人在寺中，禅于无形。素心初生，无尘无垢。

唯愿吾等无知后觉，不会惊扰到上金寺，这袅袅隐世梵烟。

……

赵鲜敏，女，70后，浙江湖州人。笔名：盐角儿、本来的样子，有点小抓狂。买菜做饭，一日三餐是修行。喜欢文字，甚于喜欢逛街购物买衣服。

上金禅寺的"禅"

◎ 草　心

　　近些年,一直心慕于西方身心灵和东方佛学的境界。或许这是四十不惑在为自己精神世界寻找出口的必然。因缘际会,于5月受邀于文学研究会,于次月初跟随一群佛缘不浅的老师们,一起到离城区只三十分钟路程、位于道场乡下菰城的千年古刹——上金禅寺去采风。遵嘱咐,我和朋友于早上9点半准时到达了上金禅寺(因朋友在前一天做足了路程功课,我们一路非常顺利,不到三十分钟就如约抵达)。

　　下车,映入眼帘的是一座重修得并不算精致但颇具王者风范的庙宇。拾级而上,几位早到的老师已围坐在门口的圆石桌前谈论着上金禅寺的前世今生。我边听着老师们的介绍,边在百度输入了"上金禅寺"关键词,可惜链接的信息少之甚少,打开一篇题为"东林山人:上金禅寺隆重举行大雄宝殿落成及佛像开光法会"的文章,简单了解到上金禅寺所处的地理位置、始建时间(唐元和十四年)、住持开光当日的殊胜图片资料。这么少的信息更激起了我对上金禅寺的好奇。

　　在门口的大树下坐了不多久,一位看上去四十来岁的女士引导大家进寺参观(因为疫情的关系,寺院今年一直是不对外开放的)。有意思的是,同来的朋友说认识这位女士,生活中她是位美国注册会计师,却一直

也是热心做些护持道场的善事。听女士讲,她也是因为疫情原因有许久不来了。今天听谛诚师傅讲有贵客来,才过来帮忙。一会儿工夫,采风的老师们都三三两两地到得差不多了,我们进了院子后面的一间大屋子,一张长长的大原木桌上放满了几大盘新鲜的水果,那盘小番茄说是寺里的当家师傅谛诚亲手种的。说笑间,谛诚师傅便从里间屋走了出来,师傅个子不高,只听他说着一口地道的湖州话,一时间没反应过来,心中打着小鼓:这个就是上金禅寺的住持?注意到他那双又大又粗糙的手,有些新奇。就像与他相熟的老师说的那样:就是这双手,吃饭是它,敬香是它,劳作亦是它。

谛诚师傅带着大家参观了寺里周边的环境,讲了一些选址重建时的趣事,而后又回到了那个大原木桌前,大家围坐下来静心听谛诚师傅坦坦地说起他和上金禅寺的故事。我们今日看到的上金禅寺,已经是谛诚师傅近二十年的心血之作。2004年申报的项目,2005年批复,2008年大雄宝殿落成,2012年开的光。据说开光当日,已连续近月的大雨竟然停了,开光时分云开日出,晴空万里,然而开光仪式结束后的当日下午又下起了大雨,着实令人费解。现时占地几十亩的上金禅寺早在明朝时仅为五亩地,曾经也是供奉过宋朝第八位皇帝宋徽宗的遗像。谛诚师傅三言两语就把他二十年的呕心劳作,用不到两分钟的时间就讲完了,一旁担任主持的老师可急坏了,连连提醒谛诚师傅尽量讲得详细一些。谛诚师傅接着说:我这辈子只做一件事——重建上金禅寺,规划做三十年,现在还有十年。此时有位老师问到了建设禅寺的起动资金又是如何而来的?这才算是打开了谛诚师傅的话匣子(详细故事就不在此细述),总之,用师傅的话来讲就是"菩萨感应"。谛诚师傅讲到他的两本枕边书,我姑且称之为"上金禅寺的两部经",一部是佛经,一部是《易经》。而这其中,《易经》也是在这上金禅寺的起动资金中起到了关键的作用。说起《易经》,我是在两年前结缘的,带着当时刚不足两岁的儿子开始诵读,每

天早上五点半我都会准时收听老师演绎的易经早课。同时也在喜马拉雅购买了台湾傅佩荣老师的易经课同步学习。两年的学习对《易经》算是初步有了认知，从某种角度讲《易经》是一部讲述"一阴一阳之谓道"的世间法。所以这次听谛诚师傅讲到他用《易经》给有缘人答疑解惑时也就没觉得神奇。关于《易经》，有句话叫：我在八卦中，八卦在我中。所以，人的一生其实是有规律可遵循的，老天的事自有老天安排，别人的事自有别人的因缘，个人只需要正位凝命，管好自己的事就好了。谛诚师傅早在二十年前就将自己这辈子要管的事——重建上金禅寺的大愿铭刻进他的心田，落实在每日的劳作中。至于另一部"佛经"那就是博大精深了。采风中印象最深的也是谛诚师傅讲得最多的一个词叫"菩萨感应"，我把这看作是谛诚师傅对于"佛经"最真切的表达。师傅就是每天枕着这两部经在入世与出世间行走穿越。

一个多小时的座谈就在你问我答的轻松氛围中结束了，中午大家在禅寺里吃了素斋，简单的几个小菜都是谛诚师傅在寺院的山上种的。饭菜都是那种小时候的大灶头上做的，我盛了满满一大碗，吃得欢喜又满足，却听得旁边朋友说：吃完要添一点哦，这叫"添福"。哈哈，如此一说当然是非添不可了。感慨我等凡夫俗子就是贪，常常不懂得给自己留些余地，就这一口饭的事便能见得自己的贪性。

回程的途中，谛诚师傅真挚朴素、洒脱坚定的形象一直在脑海中回放。他是这样一位每天在出世与入世间，为了今生的大愿奔走穿越的普通人，如此轻松却也如此坚定，生活得热气腾腾、洒洒脱脱。

谛诚师傅就是在用这样的生活方式向我们演绎"禅"之真谛。

草心，女，媒体人。

一个人 一座庙

◎ 周桂云

二十年前，他是云游僧人，它是盛名下的荒芜。

二十年后，他是谛诚住持，它是新生的上金禅寺。

如果没遇见它，他或许会一生漂泊。

如果没遇见他，它或许会渐成传说。

幸好，没有如果，他和它的相遇，是命运使然，也是前世注定，他为它而来，它为他而生。

谛诚住持出身于穷乡僻壤，祖上世代务农。作为家中的男丁，他肩负着传家的责任和义务。可是，十九岁那年，他却独自一人跑到了埭溪镇托开山皇觉寺，准备出家了。这个突如其来的消息对向来思想传统的母亲来说，无疑是晴天霹雳。哭过之后，一贯温婉谦和的母亲头一次生出怒意，她咬紧了牙关，坚决反对。终于，在她一边抹着眼泪，一边以死相逼的招数下，谛诚回家了。只是刚走进家门，父亲却道出了一个不为人知的秘密——在谛诚还很小的时候，父亲就请人为他算过命。当时算命先生说："这个孩子，日后要做阴间事，他在十九岁那年要么出家，要么入道，要么学看风水，否则活不过十九岁。"听完父亲的话，母亲顿时愣住了，她呆呆地看着自己辛辛苦苦抚养长大的孩子——他的脸很圆，眉形

很弯,耳垂很厚,这副模样确实与她念珠上的佛像有几分神似,这,难道真是命吗?她沉默着转身,快步走开。当晚,夫妻俩一夜未眠,盘算了许久,商量了许久,最终决定让孩子走上看风水的道路,理由很朴实,也很简单——看风水既能赚钱,也能成家。就这样,一心向佛的谛诚被送进了慈溪八卦村,开始了长达三年的《易经》学习。

然而,缘起缘灭,一切皆是定数。无论世事如何变迁,无论光阴如何更迭,一定要走的路,谁也无法绕开,谁也无法阻断。这,就是宿命!

三年后,谛诚离开慈溪,只身到了西安,终究在西安草堂寺,落发为僧。此后七年,谛诚拜草堂寺住持为师,虚心学习佛法。直至三十岁,离开西安,开始云游生活。

那一年,菰城山脚下始建于唐元和十四年的上金禅寺只剩下了一片废墟。当年日本发动侵华战争,日本人曾为了营造炮台,将上金禅寺的庙石拆走,一起被带走的还有庙门内古老而长寿的二十几棵香樟树。如果没有相关文献的记载,如果没有老百姓口口相传的故事,很难让人相信,这里曾是一座寺庙,一座历经了一千多年沧桑的寺庙,一座一次次地在战火中折损又一次次地在有缘人手里重建的寺庙。生生死死,无常轮回,它的生命历程,就像一卷恢宏的画卷,浓墨,淡写,轻起,重落。在那条充满荆棘、充满坎坷的道路上,它始终沉默不语,千年的修行早就让它深信,一切生死轮回,不过都是因果的转换。它在等,等一个终将让它涅槃重生的人。

谛诚的到来,是情理之中的事。

只一眼,它就知道,它等的人来了,终于来了。然而,它能给他的,除了最高处的两间茅屋和幸存下来的生长了百年之久的三棵香樟,余下的只有满目荒芜。如果它能说话,它一定会告诉他,它与他一样,历经了艰苦而卓绝的修行;如果它能说话,它一定会告诉他,为这一次相见,它做了很多努力,请他千万不要嫌弃自己此刻的疮痍;如果它能说话,它一定

会告诉他,走过千年,此刻的相遇,是尘缘,更是佛缘。它,渴望他能懂!

寻到千年古刹上金禅寺,是意料之外的事。

只一眼,他就知道,他的余生将落根在此。然而,他能给它的,除了一颗自幼种下的佛心、一份虔诚无比的佛性、一双可礼佛可劳作的手,余下的只有满腔热情。他踏足在它的身上,看着它旷阔的身躯,心中长出了一片又一片繁茂的丛林,建起了一座又一座辉煌的大殿。极目眺望,远处是绵延千里的龙溪,深谙风水学的他,笑了,这正是传说中的风水宝地啊!蛟龙饮水,一飞冲天。虽然此刻的它杂草丛生,乱石嶙峋,但是,他懂!他都懂!

/// 寺院山门前明代单拱石垒古桥

从此,他为它的重生而努力;它则细心地收容他的身心,为他遮风挡雨。他们彼此需要,彼此爱护。为了弘扬佛法,为了普度众生,为了教人向善,他们终于走到了一起!

渐渐地,这片荒芜之地,终于再次有袅娜的炊烟升起,有素雅的鲜花绽放,有清甜的瓜果飘香,有空灵的梵音绕梁。这个孤独了无数个日夜、沉默了无数个日夜的上金禅寺,终于,如神圣的莲花般,再次舒展开了无暇的花叶。笃笃的木鱼声、啾啾的鸟鸣声、簌簌的风声,时常交织在一起,回荡在这片充满灵性的土地上空,这里到处洋溢着新生的喜悦。他和它,哪怕在不相识的时候,心中就存着同样的信念。他们知道,无论世间万象如何变化,无论历史如何被后人重塑、还原,始终不变的,只有高坐莲台的佛,佛会将一切收入眼底。

二十年,二十年的光阴,他将心中的丛林种植出来了,他将心中的大殿建造起来了。越来越多的信徒走进上金禅寺,香火在这里新生,信仰在这里新生,慈悲在这里新生。他和它,终于可以凭借自己的力量,去守护虔诚的世人。

一位云游的僧人,一片盛名下的荒芜;

一位虔诚的住持,一座重生的上金禅寺。

它成就了他,他也成就了它。他们因为宿命而相遇,因为信仰而相遇,因为心中的佛而相遇。他们是尘世里盛开的莲花,圣洁、高雅、慈悲。

周桂云,女,笔名小十五,浙江省湖州市双林镇人,从事教育工作七年,文学爱好者。座右铭:生活本不易,只要努力过,便无怨无悔!

散文篇
∨∨∨

听谛诚法师如是说

◎ 陈文宜

前几年，我随大伯去过上金寺。记得那次去庙里是在一个夏天的下午。雨下得很大，进寺院山门边的侧门时，我发现里面的水几乎从门槛上漫溢而过。

在印象中，寺院不仅很大，而且静静的。大伯告诉我因为今天不是初一、十五，所以礼佛的人也不会太多，只有几个在寺中念佛的老太太在。在无量光殿内左侧的接待室里，第一次见到了传说中的谛诚法师，他胖胖的脸庞，黑黑的眉毛，很有神的眼光，印象很深。谛诚师似乎知道我的来意，因我当时在杭州求学，不久就要毕业，但又不知道去哪里工作，心里很迷茫忐忑。他笑眯眯、极和蔼地说，平时学习努力就行，心要顺其自然，不要想得太多的。那天，在寺里听法师说了很多很多与平时听到的很不一样的话，很入心，让人一时心安气静。然后，他说你们去大殿礼礼佛，上个香吧，祈求菩萨保佑保佑。

于是我就与大伯去了大雄宝殿，在三尊大佛前焚香，虔诚地合十礼拜，还拜谒了大殿内两侧的十八罗汉，与海天佛国图中的观世音菩萨。我记得当时的心情是那么平和宁静，仿佛一时间自己真的远离了凡尘那样。离开大殿时，我对着大殿内的释迦佛也许了一个心愿。后来毕业了，

经过很多曲折,我参加了工作,因为学习的专业的缘故,心里不是很满意。但也一时不可能有其他的选择,心里总有些不悦之意。然而平常,我也会想到谛诚法师那次对我所说的那一番话:"平时处世为人,要懂因果轮回的道理,要先学做人,再学礼佛,无论顺境逆境自己的心要智慧点,要想得开,要在静修中参悟,在参悟里求通透。"这其实也就是遇到任何事,要善于从多个角度去考虑问题,用智慧的方法化释所遇的问题。这么一想,许多时候,我的心自然就放下些许多。想想也是,看看人生一世,生活工作,怎能百依百顺呢?而树立一个正确的处世观、世界观,寻求拥有一个好的人生心态与思路,对自己的家人、生活、工作都是有益的。

站在大殿前,望着南侧树木葱葱的楚秦古城残垣,回想两千多年以来发生的变迁,想得很多很远。我感到自己面对这个客观世界,确实应该有一个顺应客观的进取之心,然后经过努力去改变自己面临的环境,让工作与生活变得更祥和。

记得那次在回来的路上,大伯给我讲述了谛诚法师从小就立志出家信佛,还去陕西西安户县草堂寺学佛七年,然后回到湖州的往事。二十年里,他历经千辛万苦,终于在一块荒野的空地上,建起了一座寺院,让始于唐代的钟鼓声与梵音又重新在这丛林中回响。其实他也是付出了很多很多得啊。忽然,我似乎也明白了,身处红尘要持有正心正见,然而还要坚持实践,才能取得正果的。感恩谛诚法师对我的开示,让我加深了对人生意义的认识。

陈文宜,女,浙江湖州人,1993年1月出生,毕业于浙江树人大学。现于区某部门工作。

/// 寺中景观

轮　廓

◎ 金一鸣

　　真的要走了，最后望一眼家园，谛诚就再也没有回头。

　　夜半荷塘，水色清冷，薄雾弥漫。月光投在谛诚背后，将他长长的身影，斜印在前面的田坂里。像在引着他，走向未知的今后。

　　他要走过无数条弯弯曲曲田埂，经过一段宽阔的长路，才能到达他今生向往的第一个站点。是的，是向往。以前的日子，他过得索然无味，像是为另一个人，承担了十多个秋冬春夏。

　　谛诚本来是可以天亮再离家的，但他不想看到母亲泪目的样子。他知道母亲的心事，好不容易把儿子养大成人，正值春暖花开的年龄，说走就要走了。而这一走，起点就在脚下，终点会在哪里？母亲说过，每想至此，胸口就有一种撕裂的疼痛。谛诚知道，他走了，母亲身上就掉了一块肉。有时，他觉得，母亲身上的这块肉，是他狠心咬下来的。他不知道自己的心，怎么会这么狠？但他又觉得自己是缠绵的，因了要离开母亲，他有好几次独自一人，偷偷地向壁垂泪。

　　作为男儿，少时出门，背井离乡，抛却杂念，走向莲花般洁净的世界，是否应该？是否得当？谛诚为此而苦恼，于无数个长夜中，辗转反侧，思绪绵长，难以入眠。

／／／ 寺中一景

他是孝子，自懂事起，就想着快点长大，好为父母分担家务和农活。然后，到了谈婚娶亲的年龄，就为自己，也为母亲，找一个心灵手巧、贤惠善良的媳妇。一家人，其乐融融地过日子，多好啊。但是，不知为什么，随着年龄的增长，在他内心深处，对那些人之常情的追求，看得越来越淡漠，及至失去了兴趣。这是怎么了？有心魔作怪？还是中了什么邪？连谛诚都不清楚自己怎么回事。有那么些日子，谛诚连自己都有点不认识自己了。

远山，很远，远到谛诚望不见。但他知道，远方一定是有山的，山上一定是有庙的，庙里一定是有僧人的……许多日子，他就伫立在家门外，望着望不见的远山。呆呆地望，怔怔地想，仿佛魂灵不在身上，神情却是充满希冀，似能望见远空的佛光。而此时，虽然望不见山，也望不见庙，但是，那山，那庙，却已坐落在原本空旷的谛诚心中。

父母担心儿子，不知他遇上了什么怪事，就找当地的著名半仙为他算了一卦。正是这一算，算出了他的人生方向。母亲惊诧，谛诚倒是释然。大千世界，芸芸众生，除了人各有志，还有生来有别。千人不可能一面，万众难以一心，谛诚有谛诚的活法，或许，这就是命中注定，抑或生性使然。

母亲想通了，愿随谛诚意。谛诚当然是不能不去的，人生的方向，于谛诚而言，等了这么久，来得不容易。但是，谛诚是人，不是菩萨。临走的那些日子，谛诚不是没有犹豫。谛诚心想，此生真的要在晨钟暮鼓中，青灯黄幡下，手敲木鱼，口念经文，佛界阻隔，断绝尘缘，苦度光阴，老死蒲团吗？原本的人生要务，成家立业，生儿育女，养老送终，一切的一切，从何谈起？如何完成？若无仁心善念，又如何为菩萨做事，普度众生？谛诚啊谛诚，这一步可能跨得？一旦跨出去，就该开弓没有回头箭，你真的想好了吗？

万千思绪，心乱如麻，百般矛盾。彷徨至此，谛诚禁不住双泪长流，

涕泗模糊。人生的选择，最重要的几步，将会影响终生，叫谛诚怎能不为难？不怅然？不三思？哪怕痛痛快快哭一场，也是十分应该。

然，谛诚的苦痛，乃是告别尘世、走入佛门前的内心挣扎。此番心路历程，不过是出家前的自我审视，心灵涤荡。

那个起雾的清晨，谛诚去到三十里外的寺院。后来他走得更远，去了陕西的一座寺院，正式剃度出家。其间，风雨兼程，"八千里路云和月"，冷暖自知，甘苦自尝。回来之后，谛诚在一座破庙的废墟上，建成了上金禅寺。那山，那寺，林木掩映，气象万千，梵音缭绕，钟声悠扬……

住持谛诚，一袭袈裟，步履稳健，成竹在胸。这时，经过了独守孤寺，清辉禅床，日夜诵经，教典全通；看过了无数个日起月落，斗转星移，离愁早逝，四大皆空。吾等俗流，其实已经无法进入他的内心世界，因为他既非超人，亦非凡人。面对他，即使近在咫尺，能看到的，不过是他模糊的轮廓。

是的，模糊的谛诚的轮廓。

金一鸣，浙江湖州人，国家一级作家，中国作家协会会员、中国电视艺术家协会会员，曾任湖州文学院院长。出版文集多部，发表小说、散文几十篇，著有电视剧本《一江春水向东流》《玉卿嫂》《名门劫》等二十余部，作品多次获全国和省级奖。

【诗词篇】

谒上金寺

◎ 蔡林琳

千年古刹觅真金，樟树齐天翠竹林。
宝殿雄伟参礼拜，禅房素静佛经吟。
梵闻三界云霞起，香彻九霄瑞气临。
法雨晴飞甘露化，洞天福地净凡心。

蔡林琳，女，1937年9月出生，浙江湖州人，1956年参加湖州市供销合作社工作，任财会人员，直至退休。现为湖州市老年大学诗词研习会会员，湖州市诗词与楹联学会会员。著有《云飞诗文集》《云飞诗文读集》《云飞诗文选集》。

谒上金寺（外词一首）

◎ 许德明

一

千年教寺几浮沉，唐宋延绵自古今。

君忆凶倭摧殿宇，我逢诚愿播甘霖。

复兴善业常牵力，施展宏图多苦心。

霞起云生茗颖地，下菰城畔听金箴。

二

行香子·上金寺一瞥

桑竹遐苍，菰址遗墙。东茗水、门外流长。云巢霞蔚，寺院樟香。听磬声亮、钟声振、诵声昂。　　苍生普济，佛法弘扬。谛诚师、妙语推详。禅衣质朴，殿宇焜煌。仰释家慧、联家妙、善家肠。

许德明，1944年生，浙江嘉兴人，副主任医师，曾任德清三院党支部书记。中国楹联学会会员、浙江省诗词与楹联学会会员，湖州市诗词与楹联学会顾问，曾任德清县诗词学会副会长。著有《橘杏居吟稿》《橘杏居吟稿续集》。

题菰城上金寺山门联①

◎ 嵇发根

一

云巢山下，盛唐始建名净众；

菰垒城边，新季中兴继上金。

二

菰城先楚起楼，至汉迁苕汇，三因②已遂因果；

佛法自唐净众，上金说涅槃，四谛③终归谛诚。

嵇发根，1946年生，湖州环渚人。笔名山禾，晚号苕边归客。老三届，青壮年在煤矿，后归里修志，主编《湖州市志》，研究员，省地方志专家委员会成员。中华诗词学会会员，市诗联会原会长、现名誉会长，著有诗词集《山禾集·苕客集》与长歌《湖州歌》，出版小说集三部、随笔集两部、论著十余部。

① 2013年1月17日撰，高宝平书。
② 三因：应得因、加行因、圆满因。
③ 四谛：苦谛、集谛、灭谛、道谛。

上 金 禅 寺

◎ 俞金松

幽篁翠柏漫云峰，岫壑烟岚锁梵宫。

东拽苕溪千簇浪，西披天目百回风。

山藏玉刹涵元气，地涌金炉接太空。

宝殿重光香火盛，人间佛界两融融。

俞金松，男，1949年2月生。浙江嘉善人。中学高级语文教师。1981年7月，嘉兴师专中文专科毕业，1985年7月，浙师大中文系本科毕业。先后在嘉善两所中学任教。1998年8月，调入湖州一中任教，2009年2月，在湖州十一中退休。现为湖州市诗词与楹联学会会员，浙江工商大学出版社特邀审校。

谒下菰城上金寺（两首）

◎ 姚子芳

一

中兴古刹雄，师傅佛心丰。

殿内金身灿，炉中香火红。

有缘迎俗客，无患沐春风。

半世仁慈植，吾心万事空。

二

春风抚柳莺，不复用刀兵。

怀古心无虑，观今意自明。

翻天呈勇猛，掠地露狰狞。

未见城墙在，犹闻厮杀声。

姚子芳，笔名老安，中华诗词学会、浙江省作家协会会员，浙江省诗词与楹联学会第六届理事，湖州市诗词与楹联学会副会长。有十七本著作面世。

诗词篇 ∨∨∨

113

游云巢上金寺

◎ 冯罗宗

一

金盖岚烟望似烝，菰城桑竹杂崖藤。

旃檀香散嚣尘远，钟磬音疏翠霭凝。

寒烛青灯悲寂灭，梵声黄卷喜开承。

身经盛世应怀惕，兰若新成佛甫昇。

二

菰城侧畔云巢麓，殿宇庄严庭院深。

老树滋繁摇新叶，古桥隐默忆遗唫。

阿弥陀佛菩提悟，发愿往生至诚心。

万善同归无量地，红尘俗土起清音。

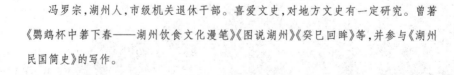

冯罗宗，湖州人，市级机关退休干部。喜爱文史，对地方文史有一定研究。曾著《鹦鹉杯中箸下春——湖州饮食文化漫笔》《图说湖州》《癸巳回眸》等，并参与《湖州民国简史》的写作。

行吟上金寺

◎ 高宝平

五绝(五首)

一

云巢净众融,唐宋梵音隆。

成实宗风古,圭峰正法崇。

二

寂寂云林净,泠泠洗钵泉^①。

风徐松子坠,天月净秋圆。

---

① 洗钵泉:与明万历重建的上金寺与尚书蒋瑶有些逸旧。蒋瑶(1469—1557),字粹卿,弘治十一年(1498)戊午举人,十二年(1499)己未联捷成进士,授行人,改南京御史,出知荆州府,筑黄潭堤。改知扬州,后任陕西参政,历湖广、江西左右布政使,官至工部尚书,加太子少保。致仕后结岘山诗社,与刘麟、顾应祥等常诗酒酬唱。卒赠太子太保,谥'恭靖'。有《岘山雅社集》二卷。蒋瑶过世后先葬于上金寺原址,不久迁移。后来寺院择现址重建,其夫人闵氏捐款做不少功德。现寺前,路面下的石桥就是蒋瑶夫人闵氏捐筑。

三

一脉元龙岭，千年净众风。

炎炎尘世界，静定万般空。

四

望庵蹬石上，灵境足舒心。

岂必天台景，林深绝处悟。

五

蒲团闲入定，心系佛门清。

禅影溪声远，虚空正觉宁。

七绝（四首）

一

云巢秦楚菰城县，冷月无尘涧水潺。

净众元和留净土，东茗钟鼓梵风还。

二

光明无量弥陀佛，圆满西方净土门。

四万八千相普觉，十方世界法云幡。

三

溪风吹落梅花瓣，访谒云巢古寺前。

净土庄严清寂界，自然放下梵声连。

四

白云洞水寺前流,洗钵泉鱼自在游。

石砌梁津犹静卧,青莲化境梵音幽。

词(两首)

江城子·上金怀古

菇城十里古垣横。月光瀛,涧川萦。枭雄宫阙,瓦砾尽残零。唐寺古烟清寂地,临净土,梵莲馨。

长云金盖梦前僧。立庵兴,镇移更。凿池驾拱,十万德贤①呈。一脉元龙②松岭上,雄殿竣,谛诚迎。

如梦令·上金禅寺

净众元和营造,天怒会昌中天。广镇善重修,雄殿六堂③云缈。玄杳,玄杳,梵界上金仙岛。

---

① "凿池驾拱""十万德贤",见于明万历年间,曹曾、姚舜牧的《重建上金寺记》与《重创上金教寺记》。

② "一脉元龙"句,指明僧广镇移址建寺。元龙山,即是今寺址所在。

③ 上金寺历时千年,屡毁屡建。今逢盛世,又显丛林气象,十方之幸也。六堂指凌云、善来、怡白、双桂、友慧、宁蕙。

上金梵烟

　　高宝平(妙悟)，1952年3月出生于山东齐河。师承洪丕谟先生与赵延年先生。浙江省湖州市港航管理局退休。湖州市书法家协会顾问，市文学研究会顾问，市诗词与楹联学会副会长，市开明画院副院长，市观音文化研究会副会长，《普觉》杂志编辑部副主编。

　　2013年，获湖州市文学与书画杰出贡献奖；2020年，参加第四届中国诗词春晚，并被授予中国诗词春晚十大书法家荣誉称号。

　　出版有《湖州寺院探访》《苕溪杂话》《箬下春诗笺》《湖州书画五十家》《西吴观音》《铁佛寺的故事》等。

初访上金禅寺

◎ 韩建明

上金古樟

梵林立地百年樟，一鼎擎天三炷香。

万缕瑞烟吹不散，云巢山麓尽禅房。

上金即事

云巢烟雨近，梵磬起菰城。

莲净东苕水，樟香古刹名。

飞檐挑殿角，念佛拨珠声。

作别山门霁，飘然世外行。

韩建明，笔名苕溪客，浙江湖州吴兴人。湖州市诗词与楹联学会会员，浙江省诗词与楹联学会会员，中华诗词学会会员。曾任中华诗词论坛绝句专栏首席版主和诗词中国《中华诗人》微刊编委。作品散见于网络各大诗词微刊及诗词刊物。

诗词篇
∨∨∨

上金禅寺行吟

◎ 冯康年

途 中

茅店临溪半岭松，素颜村姐隐芳容。

悠悠石鼓遗音在，愿做乡间几辈农。

白 鹅

石鼓山间细雨中，一泓碧水白鹅东。

长堤几度归来去，佛院行途已色空。

额 名

金盖道场峰上金，元龙一脉隐青林。

三生香火前因是，行锡山居忘古今。

樟 树

缥缥千年佛宇烟，珑松深竹上金禅。

沙山长问云何处，樟树清香引寺前。

广镇禅师

上金教寺今雄在，山志砚埃道隽谈。
广镇卧薪图再创，碑铭石记谢承庵。

宝殿开光

金门宝殿玉龙台，鹤树仙藤向意栽。
霁雨浮花微一笑，众人长跪拜如来。

谛诚主持

卦言蒙幼喜僧家，幽谷云栖鸟巢桠。
四月孕妻离舍越，青灯黄卷伴袈裟。

青　莲

一瓢清水浮青莲，精舍廊前静若仙。
碧叶亭亭珠雨落，荷香默默袅风烟。

冯康年，男，湖州人，生于20世纪中叶，大学法律本科学历。曾为上山下乡知青、工人。早年对湖州茶文化研究有兴趣，曾撰文发表于地方期刊。现任浙江衡汉律师事务所主任，资深专职律师，精于法律文书制作。闲暇时，写些小诗、小文聊以自娱，但求寄予记录时代、记录社会、记录生活。

诗词篇
∨∨∨

访上金禅寺(二首)

◎ 陈 红

一

雄踞祺祥地,清幽瑞气灵。

梵音声袅袅,云树色青青。

攘攘腾三界,熙熙入九冥。

俯身修正果,祈福为家宁。

二

空山野径佛门清,送往迎新万事明。

天道轮回皆有数,浮云拨去一身轻。

　　陈红,女,1968年出生,笔名秋伊,又名只在眉心处,浙江湖州人,基层法律服务工作者,湖州市诗词与楹联学会会员。作品散见于《江山文学》《微文美刊》《湖州警学研究》《湖州晚报》等文学网站及报刊。

题上金寺(四叠)

◎ 周　纲

一　叠

初到上金寺,遥闻梵唱流。

庭花惯供佛,石径只通幽。

四面翠微绕,数层青霭收。

他时如避世,携杖约轻鸥。

二　叠

闻名上金寺,千载续风流。

邻隔古城废,院围修竹幽。

荒禽溪外落,夕日岭中收。

名利相违久,身如海上鸥。

三　叠

早慕上金寺,高僧堪一流。

烛微留影浅,香渺坐禅幽。

幡动凉风合,苔生宿雨收。

银轮殿前映,磬响不惊鸥。

四　叠

南辞上金寺,雅集摄清流。

满绿山门暖,空阶境界幽。

句吟新壁写,襟展彩霞收。

挥手终相别,何方酬白鸥。

周纲,1969年生,别署寒梅斋,浙江德清人。师从衡庐。湖州市诗词楹联学会副会长,从事古典诗词与楹联创作及地方文献研究,著有诗词集《宁静堂诗稿》《寒梅斋集》《疏影雪痕词笺》《寒梅斋集续》《此情如梦》《洛水棹歌》等。

七绝（三首）

◎ 谛　诚

江南梅雨

江南梅雨冗绵长，艾叶雄黄纳吉祥。

喜看人间堂上聚，空门独坐远思量。

西藏之行

大雪漫漫净域登，阿弥陀佛步唐僧。

布宫藏境直如意，天碧云祥万载兴。

浮　生

浮生廿五入长安，六载清修面壁观。

千禧庚辰临净土，云巢深处兴本鋆。

（摘录于《茗雪诗声》2015.6）

谛诚法师，上金禅寺现任住持。

访上金寺(外四首)

◎ 卢明龙

七律二首

一

上金久做下菰邻，老树新枝静好春。

一衲初来开地脉，十方共助塑金身。

堂中色相空还有，世上盈虚幻亦真。

骥尾聆音犹自笑，前生许是问禅人。

二

金盖奇山雾气生，葱茏一带下菰城。

春秋过后柳烟色，唐宋而还禅唱声。

惯历多番马羊劫，闲看几度虎龙争。

深幽寂静尘嚣远，古木荫中修善行。

七绝四首 / 游菰城村

一

金盖云迟物象生,道场塔秀宝光明。

逢人见说山南好,正是春申始筑城。

二

石板横铺古貌存,潺湲溪水绕孤村。

旗枪一盏还深坐,看取抟泥处士门。

三

已将春尽百花飞,试看香樟大几围。

满路醺风人欲醉,临溪一架白蔷薇。

四

丽日悬时淑景明,闲云深处暖风清。

门前联语堪回味,更喜蛙鸣三两声。

卢明龙,1977年8月生,浙江德清人,号枯木、菰蒲旧人等。自幼喜读书,不求甚解;好弄笔,无关章法。兴之所至,为五言、七言,偶作长短句。现在湖州翔顺工贸有限公司,从事丝绸服装推广。浙江省诗词与楹联学会会员、湖州市诗词与楹联学会理事。

上金寺采风雅集诗辑①

上金寺初谒谛诚师见呈

朱　辉

掷锡空灵缥缈间，红尘诸事不相关。

春烟缭绕浮丹篆，岫霭迷离起白鹇。

僧腊丛池环绿竹，禅心流水向青山。

拈花一笑谁曾见，野岸溪云自往还。

（2019.3.16）

朱辉，1970年生。九三学社湖州市委四级调研员，湖州市诗词与楹联学会会长。

即兴两首

妙　悟

一

春风又绿东苕岸，远眺菰城旧垒垣。
霅上诗贤今喜聚，诗声共唱瑞祥暄。

二

浮生如梦望云烟，耄耋之年在眼前。
日月轮回皆往矣，坦然一笑是春天。

（2019.3.16）

过上金寺

周　纲

径入群山曲折深，闲来独步可高吟。
谁知一种上方境，翠竹苍苍笼梵音。

（2019.3.16）

题上金寺

毡发根

新宇继唐寺，构风呈北流。
巨樟来古远，老拱载深幽。

旧垒一墙隔,芳林万竹收。

佛家真弟子,独往跨云鸥。

(2019.3.17)

初到上金寺

许德明

上金寺里觅真金,金在三生佛祖寻。

院内梵钟扬殿宇,殿中圆磬净凡心。

尘劳廿载规模创,名士一方文德临。

面对潇潇菰垒竹,春风为我作清吟。

(2019.3.17)

访上金寺

姚子芳

谛诚慈佛修,古刹立荒丘。

宝殿巍峨耸,老树繁茂留。

春天迎锦绣,梦地展清喉。

烦恼禅心别,人生好乐游。

(2019.3.17)

再谒上金寺

蔡林琳

昔日骑游来上金,寺中林木静睡沉。

阁楼零乱杳无影,钟磬萧疏岂有音。

天赐谛诚临宝地,地生人杰悟凡心。

禅房殿宇重新建,佛像尊严香客吟。

（2019.3.17）

勘探菰城遗址

许德明

探寻菰垒地,泥径踏坡弯。

南接苕溪水,北连和尚山。

一垣黄土夯,四野绿篁环。

今忆春申业,有功存世间。

（2019.3.19）

①湖州市诗词与楹联学会在上金寺举行理事会暨采风活动,会员余暇吟诗数首,特汇辑。

红尘与空门,举手扣环间

◎ 项美静

南郊之南,万寿寺下

南郊之南,古梅道观之西

一个佛的圣婴于菇城,重生

上金,以睡莲盛开的姿态向人们招手

寺外芭蕉,寺内莲

狗吠声拉近了红尘与空门的距离

易经,佛经,一脉龙元

如来

宁静的寺院

风是最频繁的造访客

以玄幻的方式穿过薄雾

那青烟带着檀的香味

使我沦陷,在追究的陷阱

荷瓣上的露珠

莲蓬里的一粒种子

荷缸，修心的道场，如一面镜子

照见我灵魂深处固有的佛性

仿若那枚悬在古松上冥想的果子

仿若寺前饮佛钟，食梵鼓的那株芭蕉

蝉鸣中，悟化成形

竹杖青衫，醉酒吟诗于砚山

菇城湖塘，涟漪中有女子的倩影

在石拱桥边待着

直待到佛光射进荷苞

一个无形的空间

佛，就在那里

渡河

我非佛的徒子

却总爱在禅的世界游走

月光是打坐的蒲团

每起身，灵魂总被囚在阳光下

钵，袈裟，念珠。皆是

禅的修辞

试着将箴言塞进鱼肚

每敲一下，便听得

诗词篇

∨∨∨

133

上金梵烟

南无阿弥陀佛

南朝四百八十寺，多少楼台烟雨中
上金寺的传说，谛诚的故事
风说了一些，雨说了一些
如今，我来了，便也说一些

项美静，女，出生于杭州，就学、工作于湖州。2001年迄今长期旅居台湾。作品常见中国、新加坡、印尼、越南、美国、菲律宾等地的诗刊杂志。著有诗集《与文字谈一场恋爱》《蝉声》。

我愿意是那片蒲草

◎ 吴继敏

蒲草迢迢　元龙山的名字

隐在东苕溪西岸的梅雨中

发酵　上金寺的龙缸里

小荷露角　谛诚的玄色僧鞋

踏过自己　一个青葱时代的竹林

从西安草堂回到吴兴山水　所持的

钵终于盛下了八万四千朵莲花

在通往虚空之地立起弘法的殿

先结缘　然后化缘

众生解读着寺前的香樟

皈依的今生　郁郁葱葱

像铺开的梵音　庇佑云巢的云

为了一个愿　我愿意是那片蒲草

就是干枯了也可以织进

慈悲坐的蒲团

吴继敏，1965年生，菱湖人。写作者。出版长篇小说《善复为妖》。发表中篇、短篇小说和诗歌若干。

【附 录】

光绪《金盖山志(卷二)》文录

上金教寺　在县南十八里下菰城(《县志》),唐元和十四年建,名净众院。会昌中发天复三年,僧立庵重建,以金盖道场,名上金院(《谈志》)。宋崇甯中,改上金教寺(《菰城文献》)。明万历中,僧广镇移今处(《姚承庵文集》)。寺中藏有宋徽宗遗像(《赵关晓蛛务集》)。按:寺旧在沙山,明万历中,为蒋恭靖家所夺。移今处,中有观音殿,国初劫于火。天王殿嘉庆间圮。惟大殿尚存,又有凌云、善来、怡白、双桂、友慧、甯蕙六堂,咸丰辛酉均毁于兵。同治五年,寺僧惠信、鹿洲、福昌、福元等重兴。

——光绪《金盖山志(卷二)》

明曹曾重建上金寺记　吴兴郡之南二十里许有金盖,天孤特胜,可居仙释,以为山川钜观。自唐元和初建上金寺,其来远矣。迨我世宗朝,有蒋恭靖公佃之,以为寿藏。不数年,竟迁去其故址,卒不得还,则此寺不绝如缕矣。有僧广镇者,少落发,服缁衣,不损戒行。迨壮年为乡曲推重。值此播迁,无可栖息。辄于邑,泪浩浩下眉睫间,呼天自矢曰:镇不能重建庙貌,整饬门庑,创桥凿池,置田辟山,以复先业,当不遄死哉!于时,自万历三年孟春始事,买宾孟(原为宦孟),平野山,场内开五亩,以立寺基。告官给帖,上承古志丛林,遂立疏,遍告十方贤豪长者,助我善缘。遂有恭靖公夫人闵氏隐心恻怛,喜舍石柱一十八座,乐

成胜事。乃建正殿，塑佛像。逾数年，又建天王殿，外凿池以蓄涧泉，池上建石梁数十武，以通出入。开路百丈，以便往来，恐饔飧不继而樵苏者告匮也。又置税田以资稼穑。山八亩以资薪火，辉煌一时，昭灼万祀，光前裕后，信如夙昔之愿。而其奉镇为释家弟子者，恩以训矣。予解绶归，广镇持予昔年所撰疏文，欣欣然而相告曰：向者结缘，今以竣事，弟子与公良无负哉！予一日泛楫金山，躞蹀揽胜。殿宇聿新，佛天普照；松柏千章，森蔚增秀；涧道潺湲，桥吞日月；田艺香稻，可供诸天；薪桂苏兰，竹间煮茗。盖与昔之所创者，不知孰为轩轾？而据所目睹，盖陶陶然有余乐哉。呜呼！镇亦雄矣哉。夫先后异时，龟鉴一辙。予观广镇修复之难，则知元和创建之不易。慎毋曰：吾辟邪而谤此如来；慎毋曰：吾毁僧而利其产业。则此寺有善知识者辈出，岂不增福寿于万姓，道和气于上国哉！是为记。时万历十七年，岁在己丑季冬月，乌程邑人益府教授，七十愚公宗孔甫曹曾谨撰，吏部尚书，五台陆光祖为住持僧广镇立石（碑石存）。

——光绪《金盖山志（卷二）》

尧舜牧重创上金教寺记　城南十八里曰金盖山。唐元和间，建上金寺，其中至今盖千余年所矣，钟鼎殷殷，号称名刹。迨嘉靖十七年，有将此寺献之显贵者。显贵者利其可为穴，不加察，辄并其业收之。而僧悉散去，千年故宫一朝化为瓦砾，可悼也。维时，僧方桂、方松失故业。尚度弟子广镇，栖菰城之左墟，去故寺二里许。广镇日夜痛心卧薪，图再创度故基，不可复得矣。相视元龙山一脉，蜿蜿从金盖出。其地郁茂，不减于故基也。乃积虑多年市得此山。于今万历十一年，斩榛芜，庀材石，期必新创。十方善信士诚嘉之，辐辏捐助，建正殿、天王殿，凡若干楹并新，庙貌不数年而成。殿前凿池驾梁，其上冠以门，后傍立僧舍数十间，周缭以垣，内树松柏千余章，前朝后障，左萦右抱，识者谓今所创，过故寺址远甚。且此一金盖也，故寺山居下方，今创山居上方，则上金寺之建，当居此地无疑者。岂其先命名时，豫知此当一创而再创欤！寺落十余年未有记会，余茎先赠君太孺人。此山之原住（原为往），来寺中，久知其废兴，故颇悉特记之。且慨于中闻，古贤达有舍己宅为寺者。兹收寺址并其业，令改创，何心也？然不有献者，谁为收，献亦寺僧也。广镇今兹之，创良艰已尔。弟子若干人，亲见其拮据卒瘁，当思为慎守，并示后来，延万年香火，与天无极。毋谓此业已定，足恃无虞，自召外侮哉。是又，余作记之，至祝也。作记时万历三十一年秋八月，刻石在天启元年之冬十一月。其重创之僧在广镇一人，而今之通义、通文、超乾皆其善修持者例，得书（《姚承庵文集》）。按：承庵先生此记，碑石尚存。甲戌冬，访得之于大殿瓦砾中，其结衔云：敕授文林郎知广东新兴、江西广昌二县事，奉旨致仕，恩封四川道监察御史，尧舜牧撰文。文林郎知江西彭泽县事，邹思明书丹。文林郎知湖广竹溪县事，王德乾篆额。

——光绪《金盖山志（卷二）》

明闵珪游上金寺诗：

上金古名刹，台殿半荒芜。

额在差徭重，年饥施舍无。

贝函开孔雀，荆户畏於菟。

祠牒恩虽广，空劳县吏呼！

清陈尚古奉和家君同游（原为"友"）金盖山寺望道峰诗：

四望皆寒山，维舟入荒阪。

林深路转微，松门落日晚。

　　青翠引孤光，岩庭竹低偃。

　　坐久闻空香，窅然意具远。

　　来往淡无期，复共幽人返。

　　回首别孤云，高情余绝巘。①

　　厉鹗八月四日，同沈绎旃（沈炳巽）、幼牧（沈炳谦）泛舟后庄漾，游上金寺诗：

　　西风卷天云，水物览澄霁。

　　轻舟屡欹侧，秋渚转迢递。

　　菱丝胃波镜，柳影出峰髻。

　　渔情满兼葭，诗思落空翠。

　　向来境已迁，弭楫到初地。

　　寂寂莲宫开，阴阴松子坠。

　　静息僧椎喧，古见佛伞毁。

　　寻涧咽复流，披篁乱无次。

　　虚旷绝尘机，飒沓惊凉吹。

　　将还重裴回，落日在岩际。

　　……②

　　　　　　　　　　　　　　　　　校辑：沈元杰

　　①摘录自陈高苦：《簪云楼集》，清康熙二十八年刻本。

　　②摘录自厉鹗《樊榭山房诗钞》，清抄本。

清光绪《金盖山志(卷二)》文录影印

金盖山志四卷

光緒癸未年纂
修丙申仲秋鐫
于古書隱樓
陽湖汪洵書耑

藥槑洲隱隱菰蒲亂樵路迤迤竹樹藻爾投戈

智文藝閉門讀盡鄞候書 吳興藝文後集

按成化府志七元趙子昂宅在甘棠橋南今爲千

戶孫氏居之則將軍當是明時官千戶所者秀

才蓋將軍之子若孫也

崇報寺

寺明崇禎移此 府志

在金蓋宋元嘉十四年張邵邱道祚建禪幽寺於

何山宋天聖中改宣化禪院乾道初開府趙伯圭

請爲秀安僖王功德院賜額移忠崇報元末仍改

《金蓋山志卷二》 十

余考禪幽寺碑云元嘉十四年創立精舍於金蓋

山疑楷嘗讀書此山其名蹟在人後八慕之卽其

處爲精舍謂楷以其居爲寺者非也 宋汪藻何氏

嶺書堂記

上金敎寺

任縣南十八里下菰城 縣志

唐元和十四年建名淨眾院會昌中廢天復三年

僧立菴重建以金蓋道場名上金院 談志

宋崇寧中改上金敎寺 菰城文獻

明萬歷中僧廣鎮移今處 姚承庵文集

寺中藏有宋徽宗遺像 趙關曉蛛務集

按寺舊在沙山明萬歷中爲蔣恭靖家所奪秒今

處中有觀音殿　國初刦於火天王殿嘉慶間圯

惟大殿尙存又有凌雲善來恰白雙桂友慧齊蓮

六堂咸豐辛酉均燬於兵同治五年寺僧惠信鹿

洲福昌福元等重興

明曹曾重建上金寺記）吳興郡之南二十里許有

金蓋天孤特勝可居仙釋以爲山川鉅觀自唐元

和初建上金寺其來遠矣追我世宗朝有蔣恭靖

公佃之以爲壽藏不數年竟還去其故址卒不得

還則此寺不絕如縷矣有僧廣鎮者少落髮服緇

衣不損戒行迨肚年爲鄉曲推重値此播遷無可

棲息輒於邑泪潛潛下眉睫開額天自矢曰鎮不

能重建廟貌整飭門廡橋鑿池置田關山以復

先業當不遇死哉於時自萬歷三年孟春始事買

宦孟平野山場內開五畝以立寺基告官給帖上

承古誌叢林遂立疏遍告十方賢豪長者助我善

緣遂有恭靖公夫人閔氏隱心惻怛喜捨石柱一

十八座樂成勝事乃建正殿塑佛像踰數年又建

天王殿外鑿池以蓄澗泉池上建石梁數十武以

通出入開路百丈以便往來恐饗發不繼而樵蘇

者告匱也又置稅田以資稼穡山八畝以資薪火

煇煌一時昭灼萬禩光前裕後信如凤昔之願而

其奉鎮爲擇家弟子者恩以訓矣予解綬歸處鎮

持子昔年所撰蔬文欣欣然而相告曰向者結緣

今以竣事弟子與公哀無負哉子一日泛桴金山

蹁躚攬膝殿宇聿新佛天普照松柏千章森蔚增

秀潤道漭溪橋吞日月田藝香稻可供諸天薪桂

蘇蘭竹間煮茗盖與昔之所創者不知孰爲軒輊

而據所目觀盖陶陶然有餘樂哉嗚呼鎮亦雄矣

哉夫先後異時龜鑑一轍予觀廣鎮修復之難則

《金盖山志卷二》　十二

知元和創建之不易愼毋曰吾闡邪而誚此如來

愼毋曰吾毀僧而利其產業則此寺有善知識者

董出豈不增福壽於萬姓導和氣於上國哉是爲

記時萬歷十七年歲在己丑季冬月烏程邑人益

府教授七十愚公宗孔甫曹曾謹撰吏部尚書五

臺陸光祖爲住持僧廣鎮立石碑石存

姚舜牧重粉上金教寺記城南十八里曰金盖山

唐元和間建上金寺其中至今盖千餘年所矣鐘

鼎股號稱名刹迨嘉靖十七年有將此寺獻之

顯貴者顯貴者利其可爲穴不加察颿併其業收

之而僧悉散去千年故宮一朝化爲瓦礫可悼也

雜時僧方桂方松失故業尚度弟子廣鎮檀菰城

之左壖去故寺二里許廣鎮日夜痛心臥薪圖再

枌度故基不可復得矣相視元隴山一脈蜿蜒從

金蓋出其地鬱茂不減於故基也乃積慮多年市

得此山於今萬歷十一年斬榛薙茆材石期必新

枌十方善信士誠嘉之輻輳捐助建正殿天王殿

几若干楹倂新廟貌不數年而成殿前鑿池駕梁

松柏千餘章前朝後障左縈右抱識者謂今所枌

過故寺址遺甚且此一金蓋也故寺山居下方今

枌山居上方則上金寺之建當居此地無疑者豈

其先命名時豫知此當一枌而再枌歟寺落十餘

年未有記會余坐先贈君太孺人此山之原往來

寺中久知其廢興故頗悉特記之且有慨於中間

古賢達有拾已宅爲寺者兹收寺址倂其業令改

枌何心也然不有獻者誰爲收獻亦寺僧也廣鎮

今兹之枌瓦艱已爾弟子若干人親見其拮据卒

瘠當此業爲愼守倂示後來延萬年香火與天無極

毋謂此業已定足特無虞自召外侮哉是又余作

記之至祝也作記時萬歷三十一年秋八月刻石

在天啟元年之冬十一月其重栞之僧在廣鎭一

人而今之通義通交超乾皆其善修持者例得書

姚承菴
文集卷

按承巷先生此記碑石尙存甲戌冬訪得之於大

殿瓦礫中其結銜天敕授文林郎知廣東新興江

西廣昌二縣事奉旨致仕恩封四川道監察御史

姚舜牧撰文文林郎知江西彭澤縣事鄒思明書

丹文林郎知湖廣竹溪縣事王德乾篆額

明閔珪游上金寺詩上金古名刹臺殿半荒蕪額

《金蓋山志卷二》　古

在差猺重年饑施舍無貝面開孔雀荊戶畏於黌

祠牒恩雖廣空勞縣吏呼

國朝陳尙衎古奉和家君同友金蓋山寺望道峰詩

四望皆寒山雜舟入荒阪林深路轉微松門落日

晚青翠引孤光巖庭竹低偃坐久聞空香窅然意

俱遠來往淡無期復其幽人返囘首別孤雲高情

餘絕巘。簪雲樓集

屬鴉八月四日同沈擇俌幼牧泛舟後莊漾游上

金寺詩西風卷天雲水物覽澄霽輕舟屢歇側秋

渚轉迢遞菱絲罥波鏡柳影出峯鬙漁情滿蒹葭

后 记
Postscript

《上金梵烟》一书即将
出版。我和参与这本书辛
勤写作的各位老师、专家、
朋友一样，由衷地感到
高兴。

记得从 2014 年以来，
在湖州市委统战部及有关
领导的关心支持下，在我
们湖州市文学研究会部分
作家的积极参与之下，已

/// 寺中住持谛诚法师(右一)与本书编者高宝平(左一)

经分别编撰出版了记述白雀法华寺的《梵音法华》、记述铁佛寺的
《铁佛寺的故事》两本书。而今年 5 月份，还是由这一些关心湖州历
史文化与湖州地方寺院文化传承发展的二十多位作家和我市擅长
于传统格律诗词写作的十几位诗人，分别去了湖州城南菰城村境内
的上金禅寺，通过参观、座谈会等多种方式，进行了细致周全的采风
与调查研究。

经两个多月的努力，完成了二十七篇散文、几十首诗词的创作。还拍下了廿几张大致能反映今天寺院建筑规模与格局的照片。同时，还把光绪年间《金盖山志》中有关上金禅寺的条目内容及其所记载的明代曹曾、姚舜牧两位先生为重修寺院所撰写的碑文做了句读。而这些作品从各自的角度，对上金禅寺今天的现状及人事，做了一个相应客观的纪实。而它的意义也就是能为后人了解这座始建于唐代的寺院提供了一份可用的资料。

要编撰一本书是需要付出很多的，它不仅需要参与作者具有社会责任感与扎实的专业水平，还需要具有对于历史发展认知的科学态度。除此之外，我更觉得还要怀有一颗感恩的慈悲心。

高宝平

庚子六月十三日于明远草堂

图书在版编目（ＣＩＰ）数据

上金梵烟 / 高宝平主编． -- 北京 ：九州出版社，
2020.8
　　ISBN 978-7-5108-5026-4

　　Ⅰ．①上… Ⅱ．①高… Ⅲ．①散文集－中国－当代②
诗词－作品集－中国－当代 Ⅳ．①I217.1

　　中国版本图书馆CIP数据核字(2020)第157024号

上金梵烟

作　　者	高宝平　主编
出版发行	九州出版社
地　　址	北京市西城区阜外大街甲35号(100037)
发行电话	(010)68992190/3/5/6
网　　址	www.jiuzhoupress.com
电子信箱	jiuzhou@jiuzhoupress.com
印　　刷	杭州万星印务有限公司
开　　本	710毫米×1000毫米　　16开
印　　张	10
字　　数	120千字
版　　次	2020年8月第1版
印　　次	2020年8月第1次印刷
书　　号	ISBN 978-7-5108-5026-4
定　　价	58.00元